乳房のくにで

深沢潮

双葉文庫

乳房のくにで

乳房がぱんぱんに張っているのがわかる。それなのに、おっぱいをやるタイミングではない。娘の沙羅《さら》は二時間前に飲んだばかりで、それほどお腹が空いておらず、一階で借りたベビーカーにのって、機嫌がよさそうだ。

電気とガスに続き、昨日水道を止められた。風呂に入れていないから、沙羅のお尻はちょっとかぶれている。そのせいでぐずりがちだったけれど、おむつを替えたばかりのいまは落ち着いているようだ。

この子がぐずらないでいるうちに、大人の売り場を見て回りたい。新しい服を眺めているだけで、すこしのあいだ現実を忘れられる。幼い頃に母に連れられてよく来たここで、幸せな思い出に浸りたい。

デパートは、三か月後に新世紀を迎えるお祝いムードで盛り上がっている。いたるところに、ミレニアムの文字が見られ、セールも行われている。

高級婦人服が並ぶフロアの奥に、母が好きでよく着ていたブランドがまだあった。なつかしくて、つい売り場に足を踏み入れる。平日のためか、それとももう時代遅れで人気がないのか、売り場内はがらんとしていて、ほかに客はおらず、ベビーカーで入っていっても迷惑ではなさそうだった。

マネキンが着ている大胆な幾何学模様のワンピースの前で立ち止まる。派手な色使いが、いかにもインポートブランドという風情で、テイストも二十年前とほとんど変わらない。目鼻立ちのはっきりした母はここの服がよく似合っていた。

マネキンの足元にあるプレートに視線を移す。そこには、ワンピースの価格が書かれていた。アパートの二か月分の家賃と同じで、ぎょっとする。

「なにかお探しですか?」

店員が感じよくほほえみかけてくる。

わたしは、この高級デパートにはそぐわないくたびれたボーダーの長袖Tシャツとジーンズ姿で、よく見ると染みもある安っぽいベビー服を着た乳児を連れている。だから店員は、わたしがおそらく冷やかしだとわかっているはずだ。それでもぶしつけな視線などよこさず、笑顔を保っている。たぶんあまりにも暇で退屈しているのだ。

たとえ社交辞令でも、営業用の表面的なものでも、わたしは、この笑顔がほしかった。わたしは大事に扱われている、と感じられる証。

「このワンピース、いいですね」

まったく買う気はないものの、もうすこし店員にかまってほしくて答える。四十前後と思われる彼女は自社ブランドのブラウスを着ているが、あまり似合っていない。とはいえ、その笑顔はいまのわたしには、きわめてあたたかく感じられた。

「こちらのワンピース、色違いもございます」

店員にいざなわれ、ワンピースが吊るされているハンガーラックの前に行く。手を伸ばして、くだんのワンピースの生地を触ると、それはなめらかでしっとりとしていた。この感触は、鮮明に覚えている。小学生のころ、太っていることを気にして人前に出るのが恥ずかしく、母の背後に隠れ、腰のあたりをしっかりとつかんでいた。そのとき、柔らかいワンピースの肌触りが心地よかった。

「ご試着なさいますか」

店員がわたしに一歩近づいてきて、現実に引き戻された。しばらく入浴していないので臭くはないかと気がかりで、一歩後ろに下がる。

「お子様は私が見ていますよ」

そう言ってベビーカーの方を向き、「何か月ですか？　男の子ですか？」と沙羅の顔を覗き込む。

「三か月です。女の子です」

低い声で答える。沙羅は髪の毛がほとんど生えていないせいか、よく男の子と間違われる。あまり気分はよくない。

店員は、あら、とひとときうろたえたがすぐに口角をあげて、ちょっとわざとらしい笑顔を作った。

「男の子は顔立ちがはっきりしているといいますから、てっきり。お嬢さん、しっかりしたお顔ですね。将来美人になりますね。お母様がお綺麗ですものね」

明らかなお世辞ではあったが、気分は持ち直した。

「三か月なら、首が据わるころですね。私にも……息子がいて、子育ての経験があるんです。もう中学生ですけど、やっぱり赤ちゃんはかわいいですね。うちの息子なんて、ろくに話してくれなくて。野球部なんですけどね。毎日のように練習があって……」

延々と息子の話をしながら、沙羅をあやすように手を振り、目を見開いた。沙羅の視線は彼女の手の動きを追っている。

沙羅を連れていると、中年や老齢の女性に、かわいい、とかなんとか話しかけられ、自分の子どもや孫の自慢話を聞かされることがよくあるが、はっきり言って鬱陶しい。

「あの、試着はいいです」

遮るように言った。そもそも、買えないのだから、試着ははばかられる。

「では、お召しの服の上からあててみましょうか」

店員は、マネキンの着ていた暖色系のワンピースと、色違いの寒色系のワンピースの二枚をラックから取り出すと、試着室の扉に据えられた大きな鏡の前に立つように、わたしを促した。

手渡された赤やオレンジ、ピンクなどに黒が混じった幾何学模様のワンピースを、ハンガーごと身にあてて、鏡に向かって姿勢をただす。

鏡のなかのわたしには、母の面影がある。考えてみれば、母が家を出ていったのは、いまのわたしの歳と近い、三十代なのだ。

いまごろ母はどうしているのだろう。歳をとった母を想像することができない。

「とてもお似合いだと思いますが……こちらもお試しになりますか」

店員は次に、青や緑、グレーが混じる寒色系の方を差し出した。

さっきの色もよかったが、こちらも悪くない。それなりに似合っているのではないか。

「いいですね。ぴったりですね」

大仰な仕草《しぐさ》とともに、店員が言った。

「そう……かな……？　じゃあ、両方試着してみようかな……」

服の試着なんて、しばらくしていない。たまには華やかな気持ちになっても罰は当たるまい。それに、なにもかも追い詰められているいま、つかの間だけでも、いい気分になりたい。

「そうですか！　では、お子様は私が見ていますね」

試着室の扉を開けた店員は、満面の笑みを浮かべて、二枚のワンピースを試着室のなかにかけた。

扉を閉めたわたしは、あらためて自分の姿を鏡越しに見た。よれよれの長袖Tシャツに、はきふるしたジーンズ。肩までの髪は伸ばしっぱなしで、もうずいぶんと美容院に行っていない。顔色は冴えず、化粧もおざなりだ。Tシャツを脱ぐと、貧相なからだつきなのに、授乳用ブラジャーに包まれた胸だけは、沙羅が生まれてから立派になっている。

ジーンズを脱ごうとして、左の腋の下に自分の腕が当たった。飛びあがるほど痛い。まずい、と思った瞬間、なまあたたかいものが胸元に広がっていくのを感じた。ブラジャーにあてているハンカチが重みを増していく。

わたしは、脱いだばかりのTシャツをあわてて着ると、試着室の扉を開けた。

「あの、すみません、またこんどにします」

売り場から逃げるように出た。フロアを走り、上りのエレベーターが来るのをもどかしく待つ。乳房ががちがちに硬くなっている。腋の下の痛みも相当だ。そして、ブラジャーだけでなく、Tシャツも濡れていくのがわかり、気が気ではない。

ようやく来たエレベーターは混み合っていたが、ベビーカーを無理やり押し込む。舌打ちをするおじいさんがいたが、気にせずに自分の身体も割り込ませる。周りからの厳しい視線を浴びながら五階のボタンが押されているのを確認して、努めて平静を保つ。

一秒が一分に感じられるほど長い。母乳の漏れは止まらず、密室の昇降かごに匂いが広がらないか心配だ。

ようやく五階の子ども服売り場に着き、真っ先に降りる。フロアを駆け足で横切り、ベビー休憩所に飛び込む。

残念なことに、先ほど使った個室の授乳室は空いていなかった。順番を待ちたいが、そんな悠長なことができる状況ではない。母乳がどんどんあふれ出てきているのだ。一刻も早く授乳しなければ、Tシャツがびしょびしょになってしまう。さっき、沙羅に授乳したときに、残っていた母乳を出しきっておけばよかった。ここで搾乳するのがはばかられ、中途半端にしておいたのがいけなかった。

とりあえず椅子に座ってTシャツをまくりあげ、沙羅をベビーカーから抱き上げる。濡れそぼった授乳用ブラジャーの右側のマジックテープをはがすと、乳首から母乳が勢いよく出て、床に飛び散った。ベビーカーにもかかっている。

トートバッグからタオルを出し、慌てて乳首をタオルでおさえつつ沙羅の口に持っていき、そのまま右の乳首を突っ込む。左の乳首からも母乳があふれ出ているので、もう一枚の折りたたんだタオルをブラジャーと胸のあいだにはさんだ。

母乳は流れこむように沙羅の口内にたまっていく。あまりの勢いに、飲み込むことができずに、むせている。いったん口から乳首を離し、背中をとんとんと叩き、落ち着かせる。そしてタオルでしばらく乳首をおさえて勢いが落ちたところで、また口にふくませる。

沙羅の顔をまじまじと見る。

正直言って、かわいい、とか、いとしい、といった感情はない。この子がいなければ自由なのに、おっぱいに振り回されることもないのに、としか思えない。

もともと子どもなんて好きじゃなかった。産みたくなかった。けれどもおろすお金もないまま臨月となった。厳密に言うと、おろすのも怖かった。以前中絶を経験し、命を奪った罪悪感に苦しめられたことが忘れられない。

幸い痩せていたのでお腹もそれほど目立たず、出産まで一度も病院に行くことなくぎりぎりまで働いた。しかし、突然破水して救急車で運ばれ、出産となってしまった。

「だんだんかわいく思えるようになりますよ」

新生児を腕に抱いてもただうろたえているだけのわたしに助産師さんが言ったが、いつになったらそう思えるようになるのだろうか。

病院からの帰り、どこかに沙羅を置いていこうという誘惑に勝てたのは、わたしを捨てて出て行った母と同じになりたくなかったからだ。

あれから三か月、なんとかわたしも沙羅も生きている。

だけど……。

たったひとりで赤ちゃんを育てるのがこんなに大変だとは思わなかった。働くこともできないし、一日中つきっきりで寝かしつけたりおむつを替えたり、おっぱいをあげている。夜も頻繁に泣くので、ほとんど眠れない。アパートの住人に怒鳴《どな》りつけられたこともある。

それに、収入が途絶えて三か月あまり、もうこれ以上は無理だ。失業保険の手続きに行く時間も余裕もなく、現金が入ってくるめどはない。銀行の残高はおむつ一パック分にも満たない。当面のあいだどうやって食べていったらいいのかもわからない。

一緒に死ぬか。

それはできない。死ぬのは怖いし、沙羅を殺めることも恐ろしい。

やはり沙羅をどこかに置き去りにするしかないのか。

考えていたら自然とこのデパートに足が向いた。どうせ出生届も出していない。ここに置いていけば、誰か親切なひとがどうにかしてくれるのではないか。

隣の椅子に、赤ちゃんの目をじっと見つめて話しかけるように授乳している母親がいた。いかにも幸せといわんばかりに満ち足りた顔で微笑んでいる。高級そうな服に身を包み、とても上品な雰囲気だ。それに比べてわたしはみっともない。沙羅はわたしのような母親から生まれてかわいそうだ。もっと愛してもらえる、ちゃんとした母親のもとに、両親もそろった家庭に、生まれ落ちたらよかったのに。

右のおっぱいを吸って五分もすると、沙羅は寝入ってしまった。胸にまだたくさん母乳が残っている。左にいたっては、硬く張ったままだ。沙羅の頬をつついて起こし、左のおっぱいを吸わせるが、吸い付きが悪く、すぐに乳首を口から放してしまい、うとうととしてしまう。

沙羅の飲みっぷりは、いつもよくない。この子は、わたしをそれほど必要としていないのではないか。わたしのおっぱいは、沙羅にとっては多すぎて迷惑なのかもしれない。授乳を止め、げっぷをさせ、おむつを替える。手持ちのお尻拭きも、あと数回も使えばなくなってしまう。

ベビーベッドに沙羅を寝かせ、柵をあげる。それからベッドを離れ、洗面台の前にかがんでふたたび胸を出し、とっておいたファストフードの紙コップに搾乳した。乳房全体を圧迫すると、びゅっ、びゅっ、と母乳が出てくる。特に左のおっぱいは、最初は手を添えなくてもあふれ出てきて、搾るとものすごい勢いで母乳が出てくる。コップが満杯になって洗面台に母乳を流し、もう一度空の紙コップに乳首を向けて、乳房を搾っていく。

紙コップ二杯分の母乳を搾り出すと、張っていた胸がやわらかくなり、すっきりした。だが、左腋の下にぷくりとできた腫物は、まだ熱を持っている。わたしは、トートバッグから先ほど地下の売り場で分けてもらった保冷剤を取り出して、タオルハンカチで包み、そこにあてた。ずきずきと脈打つ痛みが落ち着いてくる。

書店で育児本や母乳の本を立ち読みして、この腫物を調べたら、副乳というものだそうだ。第三のおっぱいである。乳頭はないので、母乳が出てくることはないが、胸が張ると、一緒にここも必ず痛くなる。

小学生のころに遠足で牧場に行き、牛の乳しぼりをしたときに、いくつもおっぱいがあったことに驚いたが、いまのわたしはまるで牛みたいだ。おっぱいが増えただけでなく、朝から晩まで出過ぎる乳を搾っている。そして乳臭さにまみれている。

授乳室が空いたのを見て、荷物を持ってひとりですばやく入り、ブラジャーにハンカチをはさむ。予備のTシャツに着替えて授乳室の外に出ると、五十歳前後の女性がベビーベッドの傍らにいて、目を細めて沙羅の寝顔を見守っているのが目に入った。

ああ、また赤ちゃん好きの女性か。誰かの付き添いで来て、授乳室にでも娘か嫁がいるのだろう。

女性のひっつめた髪には白髪が相当混じっているが、化粧っ気のない横顔は若々しい。自然な風合いの生地でできた紺色のワンピースを着ている。

優しそうな女性だな。

たぶん母と同じくらいの歳だ。

若かった母もああいう風に白髪になったりするのだろうか。

母が沙羅を見たら、喜んでくれるだろうか。

わたしは、足を止めて、女性の様子を観察しはじめた。ここからベビーベッドまでは三メートルぐらいしかないので、よく見える。女性はいまにも沙羅に触れそうなくらい顔を近づけて、沙羅の匂いを嗅いでいる。

よっぽど赤ちゃんが好きなのだな。

わたしは、いまこそ姿をくらます瞬間だと思った。沙羅を置いていっても、もしかしてあの人なら、沙羅を育てるなり、どこか保護してくれるところに連れて行ってくれるのではないか。

行こう。

逃げよう。

しかし、いざとなると足が動かない。

息を大きく吸ってはずみをつけようとしたが、やはりその場を立ち去ることはできなかった。心臓だけが大きく脈打っている。

すると、気配に気づいたのか、それとも戻るのが遅いのを気にしてか、女性がこちらを向いた。

「あら、お母さん。待ってたのよ。赤ちゃんを置きっぱなしにしちゃだめでしょ」

なぜ、わたしが母親だとわかったのだろうか。疑問に思ったが、わたしの口から咄嗟に出たのは、すみません、という言葉だった。

「あの……。どうしても出すぎて搾乳しなければならなかったし、母乳で服が濡れてしまったので……」

「まあ、あなた、余って搾るくらいおっぱいがよく出るのね。すばらしい！」

女性は、興奮気味に声を弾ませている。

「あ、え、まあ」

そんなに素晴らしいだろうか。たくさん出てよいと感じることなんてまったくない。むしろ無駄に出すぎて困っているくらいなのに。

「実は」

声を落として、顔を近づけてくる。

「あなたにお願いしたいことがあって」

いきなりどういうことだろうか。あまりにも唐突すぎる。わたしは警戒し、黙っていた。

「怪しいものじゃないから」

女性は続けるが、見ず知らずの他人にお願い事なんて、じゅうぶんに怪しいだろう。なにかのキャッチセールスだろうか。どうやらこの人は、だれかの授乳の付き添いに来たわけではなさそうだ。

「とりあえず、上の階でお茶でも飲まない？　お昼がまだならお食事でもどう？」

デパートでお茶を飲んだり食事をしたりするようなぜいたくをできるわけがない。

「いえ、結構です」

毅然として言ったわたしは沙羅を抱き上げるために、ベビーベッドの柵をさげた。すると、女性はわたしの耳元で、あなた、とささやく。

「このデパートで朝からうろうろしているでしょ。さっきも一度ここで見かけた」

「え？　ああ、そうなんです。三か月になって外出もしやすくなったから」

動揺を隠して言ったが、うまくいかなかったかもしれない。声のトーンがおかしくなってしまった。

「あのね、ごめんなさい。気を悪くしないでね」

女性はさらに声を小さくして続ける。

「もしかして、生活に困っているんじゃないかと思って。ベビー服もちょっと汚れ気味だし、赤ちゃんがちょっと臭かったから」

図星をつかれて息が止まる。女性の目がわたしのTシャツの袖口に注がれていた。わたしは、袖口に黒ずみが目立っていることに気づく。隠すように腕を後ろに持っていき、うつむいた。

「私、あなたを助けてあげられると思う」

そう言われて顔を向けると彼女はおだやかな笑みとともに、ゆっくりとうなずいた。

「いい仕事があるの」
女性は、さあ行きましょう、と言って、沙羅をベッドから抱き上げ、ベビーカーにそっと置いた。赤ちゃんの扱いに慣れているように見えた。

女性がわたしと沙羅を連れて行ったのは、八階の特別食堂だった。小学生のころに母と来たことがある。あれから改修はされているようだが、食堂にただよう雰囲気はいまも変わらない。高級感に溢れ、排他的だ。あのころ我が家は外商の顧客だった。買い物にはデパートの担当社員が一緒で、いつもこの食堂に席をとっておいてくれた。

ここで、クラスメートの奈江《なえ》に会ったこともある。奈江はふだんわたしに意地悪をしていたのに、母にはきちんと挨拶してきたのを覚えている。奈江の母親の方は、気さくに母に話しかけてきた。元女優で、小学校の保護者のあいだではちょっとした有名人だった母に媚びてくる人は多かったが、奈江の母親は自然体だったのでよく覚えている。奈江と違い、感じが良かった。

大人になり、たったひとり連絡をとっている小学校時代の友人に、奈江が徳田秀人《とくだひでと》と結婚したと聞いた。たくさんの同級生が結婚披露宴に呼ばれ、その友人も披露宴に行ったそうだ。写真を見せてもらったときは、ショックを受け、口惜しさで歯噛みしたが、ふたりは、見た目も家柄も釣り合う、お似合いのカップルだった。

クラス委員だった秀人は、奈江やその取り巻きから、「なーりきーん、なーりきん。でーぶ、でーぶ」という歌とともにわたしが囲まれて、縮こまっていたところを、「そういうのはやめな」と割り込んで、奈江たちをいさめてくれたのだった。そのおかげで、クラス委員の責任感もあったのか、以降も秀人はわたしに優しくしてくれた。そのおかげで、奈江も取り巻きも、わたしをいじめなくなった。わたしはその事件以来、密かに秀人に心を寄せ、いつも目で追っていた。あれはまぎれもなく初恋だった。

いま思うと、成金なんて言葉を低学年の小学生が知っているということに驚く。奈江の母親はそんなことを言うように見えなかったが、親たちが口にしていたのだろうか。わたし自身も、なりきん、の意味がわからず、母にたしかめたくらいだ。そのとき、成金の意味を説明してくれた母のかなしげな表情はいまでもぼんやりと覚えている。

この食堂に足を踏み入れたため、奈江と秀人のことが同時に思い出され、苦い気持ちと甘い気持ちが混ざりあい、なんとも形容しがたい複雑な心境になってくる。

昼時のピークを過ぎているからか、食堂には一組の老夫婦しかいなかった。女性は老夫婦から離れた席を選び、わたしはベビーカーをテーブル横につけた。沙羅は安らかな表情で眠っている。

「お昼はまだ？」

女性の問いかけに、わたしは正直に、はい、と答えた。昼どころか、朝もろくに食べていない。実を言うと、地下の食料品売り場で試食をしてしのいだ。

「ランチコースがいいかしらね。栄養のバランスもいいし。それに、ここの野菜は、有機栽培のものを使っているから、授乳しているお母さんには安全でいいの」

そう言うと女性はメニューを開くこともせずに店員を呼んで、ランチコースを二つ注文した。

わたしは、メニューにある値段を見て、思わず唾を呑みこんだ。その様子を見ていた女性は、気にしないで大丈夫、とささやくように言った。

「私が払うから」

「でも……」

仕事、という言葉につられてついてきたものの、不安になってきた。見ず知らずの人間にここまでするなんて、なにか裏があるのではないか。詐欺かなにかだろうか。それとも宗教の勧誘だろうか。もしかして怪しいビジネスに誘われるのか。

「警戒しなくていいの。って言っても無理よね。私、こういうものです」

差し出された名刺には、ネットワーク・ナニィとあり、廣瀬《ひろせ》敦子《あつこ》という名と、電話番号、住所が記されている。

「あなたのお名前は？」

「福美《ふくみ》です」

どんな人かわからないので、とりあえず名前だけを言った。

「お子さんは？」

廣瀬さんは、沙羅の方に視線をやる。

「沙羅です」

「かわいい名前。さらちゃん、よく寝てる。きっと福美さんのおっぱいに満たされているのね」

「そうでしょうか」

「そうよ、幸せなのよ」

沙羅が幸せだなんて、思ってもみなかった。

「赤ちゃんはみんな母乳で幸せにならないとね。赤ちゃんが幸せなら、お母さんも幸せなはずなんだけど、母乳がどうしても出ない人もいるから、そうもいかない。だから、お母さんも赤ちゃんも幸せにするためにネットワーク・ナニィを始めたの。私ね、長いこと助産師をしてきたんだけど、いまは、違う形でお母さんたちを助けてるの」

「ナニィってなんですか？」

「乳母《うば》のことよ。ベビーシッターのことをナニィって呼ぶこともあるらしいけど、正しくは、おっぱいをあげるひとのこと。昔は、ちょっといい家のひとに乳母がいるのは、普通のことだったの」

「はあ、そうですか」

「私、おっぱいの出ないお母さんに、母乳を届ける、つまり、おっぱいをつなぐお手伝いをしているの。だからおっぱいの良く出るひとを探すために、授乳室で見張っていたの」

「おっぱいをあげる……んですか？　他人の子どもに？　直接？」

「ほとんどは、搾った母乳を届けているんだけど、哺乳瓶のゴムの乳首を受け付けないとか、ストローやマグで飲ませるのが難しい月齢の場合、ナニィを派遣したり、お母さんに赤ちゃんを連れて来てもらったりして、直接おっぱいを飲ませるっていうこともある」

「そこまでして、ぜったいに母乳でないといけないんですか？　ミルクじゃだめなんですか？」

「母乳ほど優れたものはないの。栄養も、免疫も。低出生体重児や月が満たなかった赤ちゃんなんかにはなおさらなのよね。ある病院では、そういう赤ちゃんにほかのお母さんからもらい乳をさせてる。それにね、母乳で育った子は、頭もよくなるし、運動能力もいい。母乳には科学的に説明できない神秘なものが宿っていて、母乳で育った子は、性格もいいし、問題行動も起こしにくいの」

「でも、それって、自分の母乳をあげるから、つまり、赤ちゃんが母親のおっぱいを飲むからじゃないんですか？　本で読んだことがありますけど」

母乳関連の本には、母乳は母子のスキンシップや絆を深める、それが子どもにいい影響を与えるといったことが書いてあった。だから、母乳をたっぷりあげているのに、沙羅に愛着を感じられない自分はおかしいのではないかと思ったりもしたのだった。

「まあ、そりゃあ、お母さんのおっぱいが一番いいのは当然なんだけど、他人のおっぱいだとしても、人工ミルクはとうてい母乳にはかなわないのよ。帝王切開で出産してなかなか母乳が出ないお母さんもいるし、通常分娩でも、出ないっていう人はたくさんいるの。持病があって薬を飲んでいておっぱいをあげられないっていう場合もある。ほかの人のものでもいいから母乳を、って思うお母さんたちは案外多いのね。そういうお母さんを私は救いたいなって思って一年前に始めた」

熱を込めて語った廣瀬さんは、水を一口飲み、だから、と続ける。

「福美さん、あなたは、そのおっぱいで稼ぐことができるの。やってみない？　きっと優秀なナニィになれると思う。あなたのおっぱいを必要としている人がたくさんいるんだから！　ナニィは、お金のためだけじゃなく、人助けでもあるの。こんないい仕事、ないわ。大げさに聞こえるかもしれないけれど、国の宝である子どもたちも救うことになる。つまりは、国を支えるってことでもある。本当よ」

こんなわたしが、期待され、必要とされているなんて。誰かやなにかの支えや助けになれるなんて。

そして、家賃を滞納し、いよいよアパートを出ていかなければならないというときに廣瀬さんに出会えたのは奇跡かもしれない。

神様はどうやらいるようだ。

「やってみようかな」

つぶやくように言うと、廣瀬さんは、そうこなくっちゃ、と音をたてずに拍手をした。

「今日はこのあと、忙しい？」

「いえ、特には……」

「じゃあ、さっそくネットワーク・ナニィのホームに来てみたらどう。契約は、実際に見てからでいいわ。あ、ホームってね、オフィスというか、ネットワーク・ナニィの本拠地のこと。私の自宅なの。母乳を搾りに来るお母さんや母乳が欲しいお母さんが赤ちゃん連れで出入りしてて、とても賑やかなの」

豪勢なランチを終え、廣瀬さんの運転する車に乗ってネットワーク・ナニィの事務所、「ナニィ・ホーム」に行く。

ホームは、都心のデパートから車で三十分ほどの住宅街の一角にあり、小ぎれいな二階建ての一軒家だった。わたしの住むアパート全体を合わせたぐらいの広さがある。

玄関を入ると、すぐに二十畳近いリビングダイニングルームがあって、三人掛けソファが二つ、一人掛けソファが三つ、ほかにも、壁際に布団が敷かれ、数人の赤ちゃんがそこで寝っ転がったり、はいはいしたりしていて、二人の女性が面倒を見ていた。部屋は全体的に薄いブルーやアイボリーの色合いで柔らかい雰囲気のインテリアだ。

二人の女性がソファでおっぱいから直接、一人が哺乳瓶で授乳しており、おっぱいをあげている横では、お母さんらしき人が赤ちゃんの頭をなでたり、手を握ったりしながら見守っている。また別のひとりは、カウンターキッチンのなかで搾乳中のようだ。キッチン横にあるダイニングテーブルの椅子に座り、ノートのようなものになにやら記入している人もいる。

わたしが沙羅を抱っこ紐で抱えた状態で廣瀬さんとともに入っていくと、ノートから顔をあげた女性が、いらっしゃい、と声をかけてくれた。そして、わたしを手伝って、沙羅を抱っこ紐からおろし、抱いてくれた。

廣瀬さんは、「見学しに来た、福美さん」とわたしを彼女に紹介した。

「ゆかりです。わからないことは、なんでも訊いて」

朗らかな表情で言った。わたしと同世代か、すこし若いようだ。

「ゆかりさんは、ここに住んでいて、こまごまと私の手伝いもしてくれているの」

「え？　ここで暮らせるんですか？」

「息子と一緒にお世話になっているの。私、未婚の母なんで、本当に助かってる。息子はいま二階の部屋に寝てて。授乳して寝ちゃったほかの赤ちゃんと一緒に」

そう言って、目の前に置いてある白いラジオのようなものを指さした。あまりにもあっけらかんと未婚の母と打ち明けるゆかりさんに驚いてしまう。

「起きて泣いたらわかるように、モニターを置いてあるし、上で身体をやすめて、仮眠をとっているお母さんもいる」

「そうなんですか……」

「福美さん、ここ、どう?」

廣瀬さんに聞かれ、わたしは、部屋をあらためて見回した。平和な空気が流れている。おっぱいをもらう赤ちゃん、お母さん、おっぱいをあげる人、みなが満足しているように見える。和やかに互いの会話も弾んでいるようだ。赤ちゃんが特別好きなわけでもないが、ここにいる赤ちゃんたちは、機嫌がよさそうで、心なしか落ち着いている。満たされているとは、こういうことを言うのか。

「本当に、にぎやか……で、穏やかなんですね」

「もっとたくさんいるんだけど、出張している人もいるから。いつもこんな感じよ。育児の悩みなんかもわかちあって、癒されるお母さんも多いみたい」

廣瀬さんが言うと、ゆかりさんがうなずいた。

「そう、ひとりじゃないっていうだけで、安心。そして、おっぱいが出ないことに苦しまなくて済む。出すぎる人も辛さが軽くなる」

たったひとりで沙羅を育ててきた三か月を思い出して、胸がきゅうっと苦しくなってくる。わたしは息を継いでから、あの、わたし、と続ける。

「ナニィ、やってみます。やりたい！」

自分でもびっくりするほど大きな声で言っていた。

わたしは、沙羅が眠る布団の横に座った。廣瀬さんと交わしたネットワーク・ナニィとの契約書を懐中電灯で照らし、読み返す。電気が止められているので、部屋は真っ暗だ。

ナニィ・ホームでの廣瀬さんとの会話が蘇る。詳しい契約の説明などがあり、母乳を提供する前に、必ず健康診断をうけ、感染症のチェックをすることになっていると言われた。また、報酬は、おっぱいの量で決まるということだった。搾乳や授乳回数でカウントするという。

ひととおりの説明のあと、すごく大事なこと、と廣瀬さんは念を押すように言った。

「これは絶対に守ってね。ネットワーク・ナニィは、秘密の団体なので、口外しないこと。契約する場合、いいおっぱいを出すために、最大限の努力をすること。つまり、私のガイドラインに従って食生活や授乳のやり方に気を付けてほしいの。ちゃんと指導するから心配しないで。私、表向きは一応、母乳関係の専門家ということで通っていて。雑誌にもよく記事を書いているの」

「あの……」

「なんでも訊いていいのよ」

廣瀬さんは包みこむようなまなざしで言った。

「わたしもここに住めますか？」

「福美さん。もしかして、あなた……シングルマザーなの？」

「あ、え……はい」

「もちろん住んでちょうだい。ここは母子寮としても機能しているから、心配いらない」

そう言ってわたしの手に自分の掌をかさねた。

「沙羅の父親は……」

「そういうことは、言わなくていいの。みんなそれぞれ事情があるんだから」

廣瀬さんはわたしの手を、ぽんぽんと叩いた。わたしは、こみあげてくるもので、胸がいっぱいになる。あふれ出そうなものをどうにか押し返し、鼻をすすった。

ネットワーク・ナニィに登録し、契約書にサインをした。ガイドラインももらってきた。母子寮にも申し込み、さっそく明日移ることになっている。

もう、このアパートとはさよならだ。

立ちあがり、暗がりのなか、荷物を片付け始めた。すると、一年間の思い出が、次々と蘇ってくる。この狭いワンルームのアパートを借りたときは、人生をリセットしたつもりだった。借金はあるけれど、暮らしも決して楽ではないけれど、気持ちは晴れやかだった。新しい職場も見つかり、希望が見えていた。ワインのソムリエの資格を取るために、学校に通い始めるつもりでもいた。それなのに、暮らし始めて一か月もしないうちに、妊娠に気づいた。相手に連絡をとりたかったけれど、電話はつながらないし、居場所も不明でどうしようもなかった。

沙羅がぐずり始め、わたしは荷造りの手を止め、おっぱいを与えた。外に出て疲れたのか、長い時間眠っており、珍しく授乳時間が空いていた。そのためか、沙羅はいつもよりは多めにおっぱいを飲んでいる。

おっぱいをくわえている沙羅の顔を見つめる。必死に吸い付く姿がけなげだ。

明日から、本当に新しい人生が始まる。

もうひもじい思いをしなくていい。

そう思うと、不思議と沙羅への愛おしさが、かすかながらも湧いてくる。気づくとわたしは、沙羅の頭をなでていた。

ナニィ・ホームでの生活が始まった。ここに常時いるのはゆかりさんで、廣瀬さんは外出がちだった。

初日、ゆかりさんにこれまでの生活や食生活を詳しく訊かれ、注意をうけた。わたしは、あまりにも食事に気を使わず、塩分や添加物の多い出来合いの総菜やファストフードを食べ、栄養のバランスが悪いものを作っていた。カロリーも足りていない。もちろん自分でも偏っているのはわかっていたが、どうでもいい、という気持ちが占めていたのだ。沙羅どころか、自分のことも大事にしようという気がなかった。

「これからは、ここで、すばらしい母乳が出るような食事をしなきゃ。私が、マッサージなんかも教えるから」

そんなに食事が母乳に影響するとは思いもしなかった。だがゆかりさんも、助産師の資格を持っているそうだから、言う通りするべきだろう。

「廣瀬さんの講演を聴いて、あこがれるようになって、助産師しながら、廣瀬さんのセミナーに定期的に通い始めて、しまいには弟子になってしまったの。私、おっぱいが大好き。母乳の魅力にはまったのね。だから、とにかく赤ちゃんにおっぱいをあげたくて、未婚の母になったような感じ。父親はいなくてもなんとかなるんじゃないかって思って、思い切って産んだ」

ゆかりさんは明るく言った。まったく憂いがない。

「最初からひとりで育てるつもりだったってこと？」

わたしが驚いて訊くと、ゆかりさんは、まあ、そこまでじゃないけど、と続ける。

「相手がその気じゃなかった。結婚する気もないし、おろしてほしいって言われたの。でも私は絶対産みたかった。だから、ひとりでいいって思って。助産師の仕事もあるし、どうにかなるんじゃないかなって。だって、これまで仕事でお母さんと赤ちゃんをいっぱい見てきて、お父さんなんて外で働いてほとんどいないも同然だってわかっていたし、赤ちゃんはお母さんしだいで、おっぱいがあればいいって確信したのよね。お父さんがいた方がいいかもしれないけど、お母さんほど重要じゃないでしょ。そりゃあ、夫がいなければ暮らしていくのは大変かもしれない。それでも、手に職があれば乗り越えられると思った。なんたって、私は助産師で、育児にも自信があった。だけど、産後はやっぱり厳しくて。皮肉なことに、おっぱいも出なくなっちゃって。私、悲しくてどれくらい泣いたことか。で、そんなとき、廣瀬さんが、ネットワーク・ナニィのことを教えてくれて。廣瀬さんが天使に見えた。しかも、一緒に暮らしましょう、って言ってくれて。それから運営も手伝うことになった」

ゆかりさんの語りは、熱がこもっていた。小さな体なのにエネルギッシュだ。

「手に職。やっぱり、それか」

わたしは定時制高校卒でろくな特技も専門的な技術も持っていない。飲食店で接客の仕事を多く経験したくらいだ。だから、ワインソムリエの資格がとりたかったのだ。

「大丈夫、福美さんはすばらしいおっぱいを持っているから、これから変わっていけるわよ。そうだ、レストランでの仕事をしてきたなら、みんなの食事を作ってくれない？　私、料理は上手じゃなくて」

「でも、厨房で働いたことはないし。いつもホール。わたしも料理は苦手で」

「そっか……。まあ、ここでの食事は、お母さんたちが持ち寄ってくれるけどね」

「ここで暮らせて命拾いをした。本当に……」

わたしは心から言った。

同じ未婚の母でも、ゆかりさんはわたしとは異なる状況だったのだな、と思う。ゆかりさんは、仕方なく産んだのではない。産みたくて産んでいる。

わたしの場合、男は突然音信不通になった。働いていたレストランの厨房にいた五歳年下の男で、勇士《ゆうじ》といった。初恋の男の子、徳田秀人に雰囲気がよく似ていて、とてもやさしかった。

「福美と一緒になって、二人で自分たちの店をやりたい」

そう言って抱きしめられると、幸せで泣きそうになった。それまで恋愛はいろいろとしたけれど、あんなに大事にしてくれたひとはいなかった。一日中立ち仕事で疲れたわたしの足をもんでくれたり、食事を作ってくれたりもした。だからわたしにしては、気を許しすぎたのかもしれない。あぶない日にもつい拒まずに行為をしてしまった。

あとでほかの従業員から、「あいつにはどうも妻子がいるらしい」と聞いたときは、いろいろと腑に落ちた。付き合った半年のあいだ、わたしの家に訪ねてくるばかりで、ひとり暮らしだという勇士の家には一度も招かれたことがなかった。それでも信じようとした。秀人に雰囲気が似ているから、悪い男のはずがないと思おうとしていた。

音信がなくなったのは、「店を準備するお金を貸してほしい」と言われて、「わたしには父のこしらえた借金があってとても人に貸せる状況じゃない」と正直に告げ、断ったあとだった。

あのとき、「友達にも借りれない？　俺も方々に頼んでいるんだけど、足りなくて」と食い下がられ、「慌てて店を開かずに、結婚してふたりで貯めよう」と言った。けれども、勇士の反応は薄く、わたしは不安で胸がかきむしられた。

それから二日もせずに、勇士はレストランをやめて忽然といなくなった。ほかの同僚にもお金を無心していたようだった。そしてどうやら勇士は偽名で、住所も虚偽だったらしい。

「福美さん、大丈夫？」

ゆかりさんは、わたしが黙りこんでしまったのを心配したようだ。

「ちょっといろいろ思い出して」

「とにかく、福美さん、あなたは、ナニィになって、ここで生まれ変わるの。この国の未来を背負うすばらしい子どもたちを、そのお母さんたちを、おっぱいで救うの。自信と誇りを持って！」

「はいっ、頑張りますっ」

わたしは、こぶしを握りしめていた。


一か月が過ぎ、木枯らしの吹く季節になった。ナニィ・ホームでの生活にもすっかり慣れてきている。沙羅も、毎日お風呂に入り、清潔なベビー服を着て、もうお尻がかぶれることもないし、夜泣きも減ったように思う。なによりあたたかい家で、明日の食べ物を心配せずにいられることが幸せだ。わたしの気持ちも明るくなって、ほかの赤ちゃんとともに沙羅をあやす余裕すら出てきた。

食生活もすっかり変わった。朝と昼はホームに出入りするお母さんたちの持参する、添加物の入っていない食材でできた食事をもらう。夜は、ゆかりさんとともに、残り物や、廣瀬さんの手料理を食べることが多い。脂っこい食事はほとんどなく、有機野菜を中心に良質なたんぱく質が豊富で、適度な炭水化物もあるバランスのよい料理が並ぶ。廣瀬さんは宅配で特別に安全な食材を取り寄せていた。

最近は寒くなってきたので鍋の出番も増えている。お酒もカフェインも、もちろん煙草も禁止だけど、毎晩の楽しみは新鮮な季節のフルーツだ。夜中の授乳はあるものの、生活も規則正しく、健康的になった。食べる量も圧倒的に増えたが、おっぱいにエネルギーを取られるのか、太ることもいっさいない。

わたしのおっぱいは尽きることなく出る。搾乳したわたしの母乳は、廣瀬さんによると、色も匂いも、そして味も最高級品で、つまりきわめて優秀だということだった。廣瀬さんは、母乳をすべて味見しているという。

おっぱいのトラブルもなくなってきていた。以前のようにがちがちに胸が張ることも減った。副乳の痛みはまだあるが、ゆかりさんが手当てしてくれて楽になっている。漏れ出る、ということも少なくなって、沙羅も飲みやすそうだ。

いまのところ、沙羅への授乳以外は、搾乳をしているだけで、直接ほかの赤ちゃんにおっぱいを飲ませたことはまだない。搾った母乳は冷蔵または冷凍して、それを取りに来てもらったり、届けたりしている。ときどき父親が取りに来ることもあって戸惑ったが、いまでは見慣れた。また、配達のため、沙羅をほかのお母さんやゆかりさんに見てもらい、ひとりで外出することもあり、いい気分転換になっている。

つまり、ここ、ナニィ・ホームでの暮らしは快適だった。

そしてなにより、廣瀬さん、ゆかりさん、母乳をあげる、もらう、双方のお母さんと赤ちゃんとともに過ごしていると、生きていくことに前向きになれる。自分は必要とされている、自信を持っていいのだ、と思える。家族のようにあたたかく見守ってくれる人がいることが、生活の不安がないことが、心を穏やかにしてくれる。

母子寮は費用を必要とせず、搾乳したわたしの母乳は同量の人工ミルクの二倍の値段がついている。家事や事務を手伝う手当てとして時間給も出る。こんなに良くしてもらっていいのかと思うほどだ。

「そろそろ、福美さん、出張授乳に行く?」

師走が迫り寒さも厳しくなってきたある日、廣瀬さんに言われた。

ゆかりさんが息子の亮《りょう》君とともに実家に帰っていて不在で、廣瀬さんとわたしの二人で食事をとり、みかんを食べ、食後のお茶を飲んでいるときだった。その日の夕飯はサーモンのホイル焼きとワカメサラダ、筑前煮、ほうれん草の味噌汁というメニューだった。沙羅は床に敷いた布団の上でプレイジムをいじり、機嫌よくひとりで遊んでいた。

「いいんですか?」

「もう、ここに来て二か月を過ぎたし、おっぱいも安定してきているし、沙羅ちゃんも授乳の間隔があいてきたし、ね。出張授乳をお願いしてもいいかなって。ちょうど、希望されているご家庭があってね」

「はい、ぜひ」

わたしは即答した。むしろ、願ってもないことだ。出張はさらに金額が上乗せされる。

「それでね、そのためには、いろいろ、履歴書に書かれていない、福美さんのプライベートなことを訊かなくちゃいけないの。あちらは、高品質の母乳を求めているんだけど、それだけじゃなくて身元というか、素性というか、そういうのをすごく気にされてて」

「それは、きちんとした人じゃなきゃだめってことですよね？」

「母乳は遺伝子が入っているわけじゃないから、成分というか、質がよければそれだけで大丈夫で、素性とか関係ないんだけど、出張となると、家に他人が入るからって、うるさいご家庭もあって。もちろん、福美さんはきちんとしているし、私としては、太鼓判を捺して出張に出せるんだけど、その依頼者がちょっと厄介でね」

「それなら、わたしは失格じゃないでしょうか。シングルマザーですし、育ちもよくないから」

わたしは落胆して、うつむいた。

「ごめんなさい。傷つけるつもりじゃなくて。とにかく、いいおっぱいがいい、っていうから、福美さんのおっぱいが最高だと思って、ちらっとあちらに話したのね。それで履歴書にあなたが、あの超名門の修学館の付属小学校に通っていたってあったから、安心してもらおうと思ってそれを伝えたら、さらにいろいろ訊かれて。名前とか年齢はもちろん伏せたけど、あなたの経歴をかいつまんでさらに教えたの。そうしたら、なぜシングルマザーなのか、大学まである修学館になぜ小学校の途中までしか行かなかったのか、って訊かれてね。わからないので答えられなかったら、それを訊いてきてほしいって言われて」

「なんでそこまで根ほり葉ほり……」

「知り合いを通して連絡してきたのが、お姑さんなのよ。でね、息子さんもお嫁さんも修学館らしくて、福美さんの経歴に食いついたみたい。ちょっと特別なひとでね。そこ、代議士の家庭だから……。お嫁さん、不妊治療して男の子ができたけど、帝王切開の早産で、最初からおっぱいがぜんぜん出ないってことみたい」

「代議士……」

もしかして……。思い当たる小学校の同級生の顔が浮かぶ。

「かなりの報酬がもらえそうだけど、もちろん、断ってもいいの。やっぱりよくないわよね。あまりにも失礼だし、福美さんの気分も悪いわよね。素性がどうこう言いすぎる依頼は警戒しないと。そういうブランド志向はちょっとね……。福美さん、忘れていいから。この依頼は無視して」

「あの……ちなみに、その代議士の名前は、なんていうんですか?」

「うーん、本当は言っちゃいけないんだけど」

そこで声を落とし、特別に教えるわね、とテーブルごしに顔を近づけてくる。

「徳田康男《やすお》」

ささやかれたわたしは、やっぱり、と心のうちで叫んだ。

徳田康男は、徳田秀人の父親だ。ということは、おっぱいが出なくて困っているのは、あの、意地悪だった、奈江なのだ。

だが、廣瀬さんには、「知らないですね。政治とか興味なくて」ととぼけた。そして、わたし、と続ける。

「そこに、出張授乳に行きます。あちらがOKならば、ですけど」

「あら、そう？　いいの？　嫌な思いするかもしれない……けれど」

廣瀬さんはわたしの顔色を窺うようにして言った。

「はい。いいんです。とりあえず、いまからわたしの生い立ちを話します。質問に答えます」

そう言って、湯飲みのなかですっかり冷めたほうじ茶を飲み干した。

「わたしはひとりっ子で、父は会社を経営していて、一時は羽振りがよかったんですが、わたしが十歳のときに倒産して、両親は離婚しました。母が出ていき、わたしは父に引き取られました。私立の修学館は小学校四年まででやめて、それからは公立です。父はなにをやっても、うまくいかず、借金を作っただけでした。そして、母のいないさみしさにも耐えられず、自暴自棄になり、あげく五年後、失踪しました」

そこまで話すと、封印していた記憶が蘇《よみがえ》って、息苦しくなってきた。釘をうたれたような痛みが襲《おそ》ってくる。深呼吸をしてしばらく間をとる。廣瀬さんは黙ってわたしを見守っている。それから、とわたしは声のトーンを落として続けた。

「祖父母はすでに他界していて、遠い親戚に預けられたけれど、高校を出てからはずっとひとりで生きてきました」

淡々とした調子で話すわたしを、廣瀬さんは眉根を寄せて見つめてくる。

「仕事は、履歴書にもあるように、飲食店の接客なんかをしてきました。水商売の経験はありません。なぜかそれだけは、って意固地になってました。ずっと父の借金を返しながら、まじめに生きてきたつもりです。母とは連絡をとっていないです。沙羅は、避妊に失敗してできた子どもです。沙羅の父親とは音信不通です。それと、うんと若いときに中絶を経験しています。……こうして話してみるとちっともまじめじゃないですね。それから……」

廣瀬さんが、わたしの手首を強くつかんだ。

「福美さん、いい。いいの。もういいから」

「やっぱり、こんなわたしでは、徳田さんの家に出張は無理ですね」

わたしは、自嘲気味に、唇だけで薄く笑った。すると、廣瀬さんが頭を振る。

「ううん。多少の経歴詐称は許されるんじゃないかな。あそこは破格の値段を提示してきているし、やらない手はない。そうね、修学館はお父様の会社が倒産して経済的理由でやめた、これはそのままでいいと思う。だけど、シングルマザーなのは、相手が交通事故で亡くなったってことにしない？　そうね、相手は公務員とか、そういう線で。まさか調べることまではしないはずだから。でも、福美さんがもし、嘘をついて相手に気に入られるようによく見せようっていうのが屈辱だっていうなら、やめときましょう。だけど、嘘も方便なときがある。向こうが傲慢なんだから、いいわよ。お金、いただいちゃいましょう。それに、当事者のお母さんや赤ちゃんのためにも、いいおっぱいをあげなきゃ。子どもは国の宝だもの」

廣瀬さんの表情は、いたってまじめだった。切実なくらいだ。

「わかりました。話は合わせます。徳田家に出張授乳に行けるようにうまく話してください」

わたしは、よろしくお願いします、と深く頭を下げた。

わたしに会うためにナニィ・ホームを訪ねてきた徳田千代《ちよ》は、きりりとした佇《たたず》まいの女性だった。約束の時間より一時間も遅れてきたが、ごめんなさいね、のひとことで済ませてしまうふてぶてしさもある。たしか、彼女自身も代議士の娘で、祖父が首相経験者だったはずだ。徳田秀人の母親なので、よく覚えている。小学生のころに見かけたときも、秀人に似て顔立ちが整っていると思った記憶があるが、目の前の千代は孫がいるとは信じられないくらい若々しい。

千代の短い髪は黒々とし、化粧は心持ち濃いが、崩れもなく隙がない。淡いグレーの着物とシンプルなデザインの銀縁眼鏡は上品さと近よりがたさを同時に際立たせている。彼女には、ひとびとの耳目を集める魅力があった。そういえば、参観日でも千代はつねに着物姿だったので、目立っていた。

一方わたしの母親も派手な服と美貌で目立っており、いじめられていた身としては嬉しいような、困るような、複雑な感情を持った。だが、千代のことはただ羨ましく、あんな母親だったらいいなと子ども心に思ったものだった。

千代はナニィたちが授乳している様子を見て、相好を崩した。

「おっぱいをあげている女性の姿は、なによりも美しいわね」

低めの落ち着いた声も、彼女の雰囲気にあっていた。

「そうなんです！」

声を弾ませ、目を輝かせて答えた廣瀬さんは、嬉しそうに続ける。

「ここにいるナニィたちは、聖母マリアのようだと私は思っているんです」

千代は、ええそうね、とうなずくと、はあーっという声とともに大きく息を吐いた。

「それに比べて、うちのお嫁さんときたら、もう職場復帰のことを考えているんだから。おっぱいも出ないっていうのに。まったく、母親として失格だわ」

「あの、徳田さん、詳しいお話はあちらで」

廣瀬さんは慌てた様子で千代を奥の部屋に行くように促した。

わたしは、母親のひとりと目が合った。彼女は、すぐに目をそらして、ナニィに授乳されている自分の子どもを見た。彼女はおっぱいが出ないためにここに赤ちゃんを連れてきている。能面のような表情からは読み取れないが、千代の言葉に傷ついたのではないかと、胸がチクリと痛む。

「福美さん、はやく行かないと」

ゆかりさんに言われて、奥の部屋に向かう。ゆかりさんの顔もあえて見なかった。

応接室代わりとなっている奥の部屋は、暑いくらい暖房が効いていた。千代の来訪に合わせて暖めておいたのだ。授乳しているからか体温が高く、暑がりなわたしには、すこし息苦しいくらいだった。五畳足らずの部屋にコーヒーテーブルをはさんで二人掛けソファが向き合って置かれているので、窮屈な感じもある。隅にあるクリスマスツリーもかなり場所をとっている。

「あなた、修学館では、息子夫婦と同じ学年だったんですってね？」

千代は、ソファに座るなり言った。

「はい、徳田君は学級委員でしたし、あこがれの存在でした」

「ええ、秀人はたしかに優秀でしたわね」

千代は、当然だと言わんばかりにさらりと答える。

「わたくしね、昨日廣瀬さんから電話があってあなたのお名前や経歴をうかがったあと、秀人とお嫁さんに、あなたのことを聞いてみたんだけど、覚えていないみたいだったの。それで、小学校の卒業アルバムを出して、あなたがいたころの集合写真を見てみたの。そうしたらお嫁さんが思い出したみたい。わたくしも、お嫁さんの話から、あなたのお母さまのことを思い出した。元女優さんだったわね。お母さまはお元気？　いまもお綺麗でしょうね。あなたも小さい頃から比べたらずいぶんとお痩せになって……お母さまによく似ていらっしゃるわ」

微笑むと、千代の目元のしわが深くなった。

廣瀬さんは千代に、破産したことは説明したが両親が離婚したことや父が失踪したことまでは伝えていないはずだ。

わたしは、どう答えていいか戸惑い、黙ってあいまいな笑顔を返すだけにとどめる。

背中や腋に汗が流れるのは、単に暑いからだけではなさそうだ。

秀人がわたしを覚えていなかったことはかなしかった。それぐらいわたしは取るに足りない存在だったのか。

奈江はわたしをいじめたことを思い出しただろうか。

すこしは申し訳ないと思っているだろうか。

わたしが行くのをどう思うのだろう。

思いめぐらせると、胸が苦しくなってくる。

「とてもご苦労されたみたいね。それでも、親御さんに頼らずに、けなげにご自分の手で娘さんを育てていらっしゃるんでしょう？　なかなかできることではないわ。しかも、ほかのお子さんにおっぱいを分け与えているなんて」

「福美さんのおっぱいは、うちのナニィのなかでも、ダントツなんですよ」

廣瀬さんが口をはさんだが、千代はそれには答えずに、わたしの顔を見つめたままだ。

「わたくしね、これ、運命だと思っているんです。主人は、あなたのお父様の会社から援助をいただいたんですよ。選挙のときにもお世話になった。お名前と会社が一致しなかったから、最初は思い出せなかったんですけどね。倒産されたことも、存じ上げなくて、ごめんなさい」

父が徳田康男を応援していたとは、まったく知らなかった。

もしかして、あの当時秀人がわたしに優しかったのは、そういう裏事情があってのことだったのだろうか。

そう思うと、身体の一部がもぎとられたような思いにかられた。さらに身体の芯が折れてしまいそうで、軽いめまいさえ感じた。ふらつかないように、うつむいて力み、ふんばる。

「大丈夫?」

隣に座っている廣瀬さんが肩に手をのせてきた。

「ちょっと暑くて」

そう言うのがやっとだった。

「福美さんはそろそろ授乳と搾乳の時間ですし、あとは、私だけでよろしいでしょうか」

千代は廣瀬さんに、ええ、と答え、わたしに向かって「それでは福美さん、よろしくお願いしますね」と声をかけてきた。

わたしは千代に軽く会釈をして部屋を出た。

リビングダイニングに戻ると、沙羅がゆかりさんに抱かれてむずかっていた。千代が来るのが遅れたため、授乳のタイミングがずれてしまい、かなりお腹が空いているのだ。むしょうに沙羅が哀れに思え、ゆかりさんから受け取って、ぎゅっと抱きしめた。すると沙羅は身体をのけぞらし、大声で泣き始めた。

おっぱいをあげると沙羅は涙を流しながら必死に吸い付いてくる。それを見ていたら、こっちの方が泣きたくなってくるのだった。

年が明けて、新世紀がやってきた。世間では、時代が急に変わるかのようにはしゃいでいる。そんな空気は、わたしにも、劇的な変化の予感をもたらした。

なんといっても、わたしは、ことしから、秀人の息子へ、あの奈江の産んだ子どもへおっぱいをやるために、徳田家へ通い始めるのだ。

また、実際のところ、ことしの元日は、たったひとりで心細く迎えた昨年とはまったく異なっていた。廣瀬さんやゆかりさんとともにおせち料理やお雑煮を食べ、神社に初詣もした。おっぱいを欲する赤ちゃんが元日から訪れ、ナニィ・ホームはにぎやかだった。そして、わたしは沙羅の出生届を出した。みんながそれを祝ってくれた。

元日から一週間が過ぎ、いよいよわたしは徳田家に出向くこととなる。

良く晴れた朝、九時きっかりに、ナニィ・ホームの前に、黒塗りのセダンが停まる。徳田家からの迎えの車だ。

わたしは沙羅を抱っこ紐にくくりつけた格好で、セダンの後部座席に乗り込もうとした。すると運転席から黒いスーツを着た白髪の男性が降りてきた。

「チャイルドシートを用意しますから」

抑揚もなく言ってトランクからシートを取り出し、後部座席に取り付けると、さっさと運転席に戻る。

やり方がわからず、苦労してチャイルドシートに乗せると、沙羅は不安がって泣き出した。暴れているのをそのままにベルトを装着する。隣に座り、とんとんとなだめるが、ちっとも泣き止まない。

「抱っこしてはだめですか?」

声をはりあげて訊くと、運転手は首を振った。

「だめです。絶対にチャイルドシートに乗せてください。法律ですからっ。あぶないですし」

怒鳴るように言うと、車を発進させた。そんな大声を出すような人に見えなかったので、ちょっと怖い。

沙羅は火がついたように顔を真っ赤にして泣く。だが、運転手は気に留める様子もなく、バックミラーから見える表情はひとつも変わらない。信号待ちで停車しても振り返ることはなかった。

沙羅は泣きすぎたためか、飲んできたばかりのおっぱいを盛大に吐いた。おかげで沙羅のベビー服は濡れてしまった。チャイルドシートも汚れた。革張りのシートにも吐いたものが飛び散った。慌てて持ってきたタオルで拭いて「すみません」と運転手に謝ったが、なんの反応もない。

車内はおっぱいの匂いが充満し、沙羅の泣き声は止むことはなかった。徳田家に着くまでの三十分は拷問にでもかけられているかのようだった。暖房もきつく、全身に汗をかいた。

徳田家は、都心の一等地にあり、広い敷地に二世帯が暮らしていた。母屋、はなれとふたつの家屋が並んでおり、よく手入れされた庭を共有している。

無言の運転手に案内されて、沙羅を抱いて母屋に行く。チャイルドシートから降ろしてしばらくすると沙羅は泣き止んだが、泣き疲れてぐったりとしていた。

母屋の玄関は、わたしが住んでいたアパートの部屋よりも広い。出迎えたのは、エプロン姿の初老の女性だった。この人もほとんど表情がない。

「こちらにどうぞ」

機械の音声のような調子で言った女性にしたがい、長い廊下を進んで、庭の景色がよく見える畳敷きの和室に入った。庭にある低い木にピンク色の花が咲いているが、植物の名前はわからない。

和室には千代がおり、対面には頬がこけて顔色の悪い女性が、赤ちゃんを抱いてうつむき気味に座っていた。こちらを見ようともしないが、奈江に違いない。小学校のころは威張っていて強そうに見えたが、その面影はほとんどなかった。目がくぼみ、瘦せすぎてやつれて見える。髪型は昔のおかっぱ頭に近い顎までのボブだが、前髪はない。

「まあ、いらっしゃい。待っていたのよ。ここに座って」

今日も和服姿の千代は、満面に笑みを浮かべて自分の隣に手招きする。わたしは、言われるがまま、千代の横に座った。

「この子が沙羅ちゃんね」

千代が顔を覗き込んだ瞬間、沙羅が泣き出した。

「すみません、すみません」

恐縮して言うと、千代は、いいのよ、と鷹揚にほほえんだ。

「お洋服が汚れちゃっているけど大丈夫？　男の子のだけど、光《ひかる》ちゃんの服でよかったら、着替えさせたらどうかしら。同じ月齢よね？　このままじゃかわいそうよ」

そう言って奈江の方を向き、「お洋服を持ってきて」と、命令口調で言い放った。すると顔をあげた奈江と目が合った。鋭い視線から、意地悪だったころの奈江の片鱗を感じ取れる。あのころのみじめな思いが蘇り、慌てて視線から逃れた。

「あの、大丈夫です。このままで……」

わたしは、千代にささやいた。

「ほら、早く持ってきてちょうだい」

千代は、わたしの言葉を無視して、さらに命じる。

「光ちゃんはわたくしが抱いているから」

立ち上がって奈江のところに行き、半ば強引に光を奪い取る。

「ほら、光ちゃん、お友達が来たわよ」

言いながら、わたしに近づいてくる。奈江を目の端で追うと、彼女はしぶしぶといった様子で部屋を出て行った。

「光ちゃん、おっぱいをくれるナニィの福美さんよ。よかったわねえ、やっと好きなだけおっぱいが飲めるわねえ」

千代の声色がワントーンほど高くなっている。

光は沙羅と同じ月齢だが、二か月ほど早産で体重も軽かったという。そう言われてみると、男の子にしては身体が小さい方かもしれない。沙羅も痩せているが、光もまるまるとした赤ちゃん、という感じではなかった。しかしながら、鼻筋の通った顔立ちは秀人を彷彿とさせ、くりっとした目は奈江によく似ており、かわいらしい赤ちゃんだった。

しかも、わたしを見て、にっこりと笑っている。愛らしくて、思わず頬が緩む。

「まあ、光ちゃんったら、嬉しそう。福美さんのおっぱいを飲んでいるから、匂いで福美さんがわかるのかしら。それとも本能かしら」

搾ったわたしの母乳は、千代がナニィ・ホームを訪ねてきたその日から渡しており、光はわたしの母乳を哺乳瓶で飲んでいた。人工ミルクから切り替わって、最初はなかなか飲まなかったようだが、このごろはよく飲むようになったと聞いている。

「ねえ、光ちゃんを抱いてあげてちょうだい。沙羅ちゃんは畳の上に置いて」

ほら、と有無を言わさぬ調子で言われる。わたしはお尻をずらし、自分が座っていた座布団の上に沙羅を寝かせた。すると、千代がすかさず光をわたしに渡してきた。光はにこにことしたまま、わたしに抱かれている。人見知りもなく、機嫌のいいままだ。

座布団に降ろされた沙羅は一瞬きょとんとしたが、不安になったのか、顔をゆがめて泣き始めた。泣きながらのけぞり、寝返ってうつぶせになり、座布団からも落ちる。沙羅を助けたいが、光を抱いていたのでどうしようもなかった。

千代は沙羅を抱いてくれるわけでもなく、「元気でいいわねえ。光ちゃんはまだ寝返りができないのよ」と放ったままにしている。

「あの、沙羅におっぱいを飲ませてもいいでしょうか。車のなかで吐いてしまったので、おなかも空いているし、飲めばおとなしくなると思います。寝るかもしれません。このままだと泣きっぱなしで……」

「そういうわけにはいきません」

千代はぴしゃりと言った。

「え？　どうしてだめなんですか」

「この家にいるときは、光ちゃんを最優先にしていただかないと。おっぱいをやるなら、まず光ちゃんに先にあげてちょうだい」

「でも、このまま泣かせておくのは……うるさいでしょうし、今日、いえ、いまだけでも」

「いいのよ、健康な子は、泣いていても。わたくしは気にしない。だけど、どうしてもって言うのなら、ここでいますぐに光ちゃんにおっぱいを飲ませて、それが終わったら沙羅ちゃんに」

「え？　いま、ここで、ですか？」

「あなたのおっぱいに一刻も早く慣れた方がいいでしょ。さ、早く光ちゃんにおっぱいをやってちょうだい」

そう言われると反論できなかった。黙っていると、千代が、早く、とまたせかした。

わたしは部屋を見回して千代しか人がいないことをたしかめると、セーターをまくりあげた。それから授乳用ブラジャーのマジックテープをはがし、持ってきたアルコール綿で乳首を消毒した。

千代が食い入るようにこちらを見ているので、緊張して動作があまり順調にいかず、時間がかかる。すると千代は、ちっ、と小さく舌打ちして、まだなの？　と言った。

わたしは慌てて、あらわになった乳首を、光の口元に持っていく。見られて恥ずかしがる隙もなかった。

光はいやいやをして、吸い付こうとしない。もう一度試すが、やはり顔をそむけてしまう。

「あらあらどうしたのー、光ちゃん。待っていたおっぱいじゃないのー」

千代が猫なで声で光に話しかける。

「どうにかしてあげて」

わたしには打って変わって厳しい調子の声になっている。

「はい、わかりました」

わたしは乳頭を軽く搾り、母乳をにじませ、光の唇へ持っていく。すると光は、はっとしたように一瞬動きを止め、その後乳首をぺろぺろと舐めた。自分の子どもでない赤ちゃんの舌には違和感がある。

それでもさらに搾って母乳を出して光の口のなかに乳首ごと突っ込む。すると光は目を瞬《しばたた》いて吸い付いてきた。しかし、その力は弱い。それでも母乳はおのずとあふれ出て、光はごくごくと飲み始めた。吸われているうちに、変な感じはなくなり、ほっとする気持ちが勝ってくる。

「あら、飲んだわ、飲んだ。じょうずね、光ちゃん！」

千代が手を叩く。

沙羅は手足をばたばたとさせて泣き続け、ずりばいでわたしに近づいてくる。今日は泣いてばかりでさすがに不憫だ。せめて仰向けに戻してあげたい。

「あの、沙羅をどうにかしないと」

大きめの声で千代に言い、片手ですばやく沙羅のお腹のあたりをつかんで、仰向けに戻した。その動作に光が驚いて、乳首から口を離してしまった。

「福美さんっ、おっぱいをやっているときは、気が散らないようにしてっ。せっかく上手に飲んでいたのに」

千代が目を吊り上げて怒っている。

「はい、すみません」

わたしはふたたび光の口に乳首をはめこんだ。沙羅はまだ泣いている。

そのとき、ふすまを開けて奈江が部屋に戻ってきた。手にはベビー服を持っている。わたしが光に授乳しているのを見て、凍り付いたように部屋の入口で立ちすくんだ。

「奈江さん、見てちょうだい。光ちゃん、やっぱりおっぱいがいいのよ。こんなに上手に飲んでいるわ」

なぜか得意げに千代は言った。奈江は何も答えず、視線をあちらこちらに泳がせている。

「やっと栄養満点のおっぱいを飲めた。ほんとうによかった。きっと丈夫になって、ぐんぐん大きくなるわね」

さらにたたみかけるように千代が言ったが、奈江は庭の方を見ている。

「ほら、早く沙羅ちゃんを着替えさせてあげて。それから、福美さんが光ちゃんにおっぱいを飲ませているあいだは、あなたが沙羅ちゃんを抱っこしてあげなさいね」

「はい」

奈江は抑揚《よくよう》のない声で答えると、沙羅に近づいてかがみ、抱き上げる。その動作がすこしばかり乱暴であるように、わたしには感じられた。

毎朝九時に運転手の山口《やまぐち》さんがナニィ・ホームに迎えに来て、午後七時に徳田家を出る。そんな調子で出張授乳に通うようになり、早くも五日目となった。

初日はずっと母屋にいたが、翌日からは、はなれの、秀人と奈江が暮らす家にいて、三時間おきぐらいに光におっぱいをやっている。はなれは、母屋の三分の一くらいの大きさの二階建てだが、ナニィ・ホームよりも広くて新しい。

わたしがいつもいるのは、二階にある六畳程度の板の間で、授乳用にひとり掛けのチェアーが用意されている。床にはラグが敷かれているので沙羅をそこにごろごろさせておくことができた。千代が用意してくれた音の出るおもちゃや、プレイジムもある。小型のテレビもあって退屈はしないが、光の授乳中に見てはいけないと千代に言われている。部屋のすぐ隣はトイレと洗面所で便利だが、そこに行く以外、この部屋から一歩も外に出られないので、まるで軟禁されているかのような閉塞感がある。

昼食は白いエプロンを着た家政婦のきえさんが盆に載せて持ってきてくれる。一汁三菜の充実したもので、味も良い。三時にはおやつの果物も出る。これらは、廣瀬さんが渡した食事のガイドラインに従ったものだった。

授乳時間になると奈江が光をこの部屋に連れてくる。わたしがチェアーで授乳しているあいだ、奈江は対面にしゃがんで座り、光がおっぱいを飲むのをじっと見つめている。その姿には悲壮感のようなものがただよっていた。千代は命じたが、わたしが光に授乳しているあいだ、奈江が沙羅を抱いていてくれる、なんてことはない。

わたしは、徳田家に来てから、奈江とほとんど会話を交わしていない。というより、奈江が話しかけてこないので、わたしも話しかけない。必要最低限のことしかしゃべらない。だから気まずい雰囲気だった。

光におっぱいを与えるあいまに沙羅にも授乳し、光の夜の分の母乳を搾る。光と沙羅の授乳と搾乳のため、おっぱいをしまう暇がないほどだった。副乳はぷくりと腫れて、それこそ、牛のように、わたしは母乳を出し続けた。さらに始めたばかりの沙羅の離乳食もあり、忙しかった。

千代はときおり授乳を見に来ては、満足そうに見守る。そして、ひとりでなんだかんだと好きなように話していく。千代が来ると、奈江はすぐに部屋から出て行った。すると千代は奈江の悪口を並べたてる。

千代は秀人と奈江の結婚に反対だったらしい。ふたりは小学校からの幼馴染だが、付き合い始めたのは、大学を出てからだということだ。奈江は大手の広告代理店に総合職として勤めておりいまは育休中。わがままで気も強く、やりたいことは押し通すという性格で、家庭に入って秀人や徳田家を支えるようなタイプではないという。

「しかもね、なかなか子どもを持とうとしなくて。いざ作ろうとなったら、できにくいなんてね。不妊治療、三年もかかったのよ。できたらできたで大事にすればいいのに、仕事をやめないものだから、早産しちゃうのよ。しかも下から産まないで、帝王切開なんて、ほんとにもう、女としてどうなのかしら。おっぱいも出ないなんて、母親失格よねえ。それなのに、仕事に復帰したいなんて、どういうつもりなのかしらね。女が頭ばっかり良くてもろくなことはない。わたくしなんて、秀ちゃんが生まれたときは、秀ちゃんのことしか、家庭のことしか、考えなかったわよ。三歳までおっぱいをあげていたし、いまのいままで、外で働こうなんて思ったことはない。主人の関係のおつきあいだってあるんだから、働けるわけもない」

千代は相槌を求めるというよりは、ただ愚痴を聞いてほしいだけのようなので、わたしは生返事をしつつ聞き流している。それに、千代の話す内容は、別世界のことのようで、あまり興味もなかった。

光は日に日におっぱいの飲み方がうまくなり、ずいぶんと力強く吸うようになってきて、長い時間飲み、量も増えていた。体重も増えている。

光はわたしの顔を見ながら飲む。わたしのおっぱいをこんなに好きなんて、と思うとかわいくてたまらない。造りの美しい顔でけなげに見つめる表情に愛着が湧いてきて、つい微笑んでしまう。けれどもそのたびに奈江の視線を感じて笑顔をひっこめる。

午後六時過ぎ、光に今日最後のおっぱいをやっている最中、奈江を盗み見ると、目の下にくまができていて、疲れ切っているようだった。あまりまじまじと眺めたことはなかったが、ここまで覇気がなかっただろうか。

さんざん奈江の悪口を吹き込まれても、昔奈江にいじめられたことが根っこにあって、これまではちっとも同情などしなかったが、さすがに気の毒にも思えてきた。あの千代がいる徳田家に暮らすのが大変なのは間違いない。

まだ顔を合わせていないが、玄関に飾られた親子写真で見る秀人は幼い頃と変わらず優しそうではあるが、千代から奈江を守ってあげられるようなタイプではないのかもしれない。秀人はひとり息子で、父親の代議士徳田康男の秘書をしているらしいから、親に逆らうようなことはしなそうだ。徳田家に通うようになっても、財務大臣で多忙な徳田康男を見かけることはほとんどないが、千代の話を聞いていると、この家では徳田康男を筆頭に序列が厳しく、家庭というものへの価値観も古くて、嫁の奈江の肩身は相当狭そうだ。

「具合でも悪いの？」

話しかけると、奈江が驚いたようにこちらを見た。だが、返事はない。

「顔色が悪いし、元気もないから」

わたしの言葉に、奈江は、ふっと息を漏らすと、おっぱいのせいよ、と吐き捨てるように言った。

「この二日間、光の夜泣きがすごいの。だからぜんぜん寝られない。一時間おきに泣くこともあって、そのたびに飲ませるんだけど、搾った母乳も足りなくなっちゃって。私も秀人も、もう限界。おむつを替えたり、哺乳瓶をあたためたり、秀人はずいぶん手伝ってくれるけど、いい加減、秀人の仕事にも差し障るようになってきた。寝不足でミスが多くなっちゃってお父様に怒鳴られたし」

奈江は、やれやれというように、頭を振った。

「沙羅も夜泣きがすごかったことがあったから、わかる。つらいよね」

わたしがそう言うと、奈江は、ふんっと鼻で嗤った。

「悪いけど、おっぱい飲ませているだけのあなたとは違う。私、育休中だけど、キャリアアップのために勉強もしているの」

強い剣幕に、わたしは言葉を返すことができず、うつむいた。わたしの腕のなかで光は乳首をくわえたまま眠っている。それに気づいた奈江はすぐさま光を抱きとり、げっぷをさせるために縦抱きにし、背中を叩いた。光は大きなげっぷを吐いて、そのままとうとと眠りに入っていく。

「夜泣きのことがお母様の耳にも入って、秀人は母屋で寝ることになった。それは仕方ないからいいの。だけど、あなたを泊まりでここに置くようにするってお母様が言い出した。夜中もおっぱいを好きなだけ飲ませてあげなきゃって。もちろん、私は反対した。あなたの耳にはまだ入っていないでしょうけど、もし話があったら、断ってくれないかな。夜泣きは私がなんとか頑張るつもり」

奈江は一気に言うと、息を継ぎ、それから、と続ける。

「もともと、おっぱいをもらうのは反対だった。搾った母乳を哺乳瓶でやるだけならまだいいわよ。だけど、母親でもない人が、光におっぱいを飲ませているのを見ると、私、どうにかなりそうでつらい。まるでおっぱいの出ない私が責められてるみたいだもの」

光を抱きなおして、さらに続ける。

「あなたに個人的な恨みはないから、それは誤解しないで。むしろ、せめて知らない人じゃなくて良かったとは思っているんだから。福美さん、四年までクラス一緒だったのよね。私、よく覚えていないんだけど、遊んだことあったかな。仲のいいグループじゃなかったよね？　お母さんが綺麗な人だったのは覚えてる。秀人は福美さんのこと、思い出せないみたいだけど、修学館だった人が来てくれてよかったって言ってる」

それはつまり、奈江はわたしを「なりきん」とか「でぶ」とからかい、いじめたことを覚えていないということなのか。そうでなければ、「遊んだことあったかな」なんて言えるわけがない。

結局、あの出来事は、いじめた方は忘れてしまうぐらい軽い出来事だったのだ。

それとも、とぼけているのだろうか。

いずれにしても、わたしを馬鹿にしている。

腹の奥からふつふつと怒りが湧き上がってくる。

そのとき、ドアが開いて、千代が部屋に入ってきた。すると入れ替わるように奈江が唇をきっと結んで、光とともに出て行く。

「あー、おっぱいに間に合わなかったわね」

千代は沙羅が足元にいるのも気づかず、あやうく踏みそうになっている。

「はい、いまから沙羅の授乳をして、そのあとこちらを失礼します」

わたしは、沙羅を床から抱き上げた。

「その前にちょっと折り入ってお願いがあるんだけど。おっぱいあげながらでいいから」

「もしかして、泊まりの件ですか？」

「なんだ、奈江さんから聞いたのね。いやね、あの人。大事なことはわたくしから話すのに。そういうところも生意気なのよね……。いつもわたくしの気持ちを逆なでして……」

「わたし、泊まります」

遮るように言うと、千代は、まあよかった、と破顔一笑した。

「廣瀬さんに伝えて問題なければ、すぐにでも」

「ありがとう、福美さん」

千代は、沙羅とわたしを包むように抱きついてくる。香水の匂いが鼻につき、思わず顔をそむけた。

さっそく翌日からわたしは徳田家のはなれに、沙羅とともに住むことになった。

朝、当面必要な荷物を持って黒のセダンを降り、はなれの玄関を入ると、千代や奈江とともに、秀人が迎えてくれた。秀人は子どものころの印象と変わらず、さわやかで優しそうだった。色白で細面の秀人は、風格のある父親ではなく、やはり千代によく似ている。小学校の頃は背の高い方だったけれど、案外上背はない。それでもスーツ姿はさまになっている。

「光をよろしく頼みます」

丁寧に言われて、胸がどきりとした。声が想像よりも高かった。

隣にいた奈江は不機嫌極まりない顔で、わたしを一瞥もしない。一方、千代は浮かれているかのように、よくしゃべっている。その話に、秀人がいちいち相槌を打っていた。

わたしと沙羅はいつもの部屋に収まった。夜はここに布団を敷いて沙羅と寝ることになっている。

その日は千代が授乳のたびに部屋に来た。

「秀ちゃんにも光ちゃんがおっぱいを飲むところ見せたかったんだけど、奈江さんが嫌がってんのよ。なにか勘違いしているのかしらね。女性がおっぱいを与える姿は崇高で、いやらしくなんかないのに」

千代は言ったが、わたしもさすがに秀人に授乳姿を見られるのは遠慮したかった。奈江が拒んでくれてよかった。

あっという間に日は暮れて、夕飯は、昼と同様、きえさんが部屋に運んできてくれた。

その日は、ブリ大根とほうれん草のおひたし、きんぴらごぼう、だし巻きたまごになめこの味噌汁と雑穀米というメニューだった。沙羅はいるものの、折りたたみ式のお膳でひとり、テレビを見ながら食事をするのはさみしく、廣瀬さんやゆかりさんと囲む食卓が恋しい。

それから沙羅とともに入浴した。ナニィ・ホームではゆかりさんがいつも湯上りを手伝ってくれたけれど、すべてひとりでこなさなければならず、大変だった。簡単に拭いただけの身体とびしょ濡れの髪のまま、沙羅を拭いて服を着せていると、どんどん身体が冷えていく。

電話を借りて廣瀬さんに一日の報告をし、午後九時には布団を敷いて寝た。沙羅は風呂のあとにおっぱいをたっぷり飲み、すやすやと寝入っている。

ひょっとして、ここに泊まるのは、失敗だったのではないか。

よこしまな思いで動かなければよかったのではないか。

わたしはぶるぶると頭を振った。

いや、そんなことはない、泊まりは報酬も破格で、父の借金も、これで早く返せるのだ。

自分に言い聞かせていると、光の泣き声がした。そしてそれはだんだん近づき、しだいに大きくなってくる。せっかく寝たばかりの沙羅も起き、ぐずり始める。

扉が開いて、奈江が反り返るようにして泣いている光を連れてきた。わたしは身体を起こし、パジャマの胸元を開いた。

それから一週間、同じことが続いた。わたしはすっかり寝不足だった。昼間も布団を敷きっぱなしにし、授乳や搾乳のない時間は極力身体を横たえていた。

ほぼ一時間おきの光の夜泣きは、わたしがおっぱいを直接やっても変わらない。かえってひどくなっているかのようにも思えた。

秀人は母屋に寝ているので、夜は奈江とわたし、光と沙羅だけがはなれにいた。奈江もずいぶん参っているようで、昼間も、虚《うつ》ろな顔でいる。

「もう、連れてくるのがつらいから、夜は光をずっとここに寝かせてくれない?」

奈江はそう言って、午後九時半に光を部屋に連れてきて沙羅の横に寝かせると、ふらつく足取りでひとり部屋をあとにした。

おっぱいを飲んだあと、わたしから離されると、光は手足をじたばたさせて大泣きしたが、奈江は強引に抱えて連れて行った。その様子を床に座って見ていた廣瀬さんは顔をしかめている。彼女の膝にのっている沙羅は、離乳食をよく食べたあとで機嫌がよく、にこにこしていた。離乳食は順調だった。沙羅は、きえさんが作ってくれる、すりおろした林檎もおかゆも、ほとんどのものを嫌がらずに口に入れる。

廣瀬さんは、わたしが徳田家に泊まるようになって一か月が過ぎたので、様子を見に来たのだった。それまでも毎日電話で報告はしていたが、実際の授乳の様子と、光がわたしになついている姿をたしかめたかったようだ。

久しぶりに廣瀬さんに会えるのが嬉しかった。たまに千代の愚痴の聞き手になるだけで、ほとんど話し相手がいなかったので、おしゃべりが楽しくてたまらなかった。誰かに猛烈に話を聞いてもらいたくて、自分でも驚くほど饒舌になっている。事細かにこのひと月の経緯をあらためて説明した。

「光くんは、いまではわたしと離れると泣くようになってしまって」

「うーん、それはちょっとまずいわね」

廣瀬さんはひととおりの話を聞き終えると、硬い表情になった。

「それに、おっぱいばかりで、離乳食はまったく口にしないようなんです。だから、授乳の間隔もぜんぜんあかなくて、夜泣きも相変わらずで」

そう言いつつも、わたしは自分のおっぱいがこれだけ求められていることが誇らしかった。

「離乳食はゆっくりやればいいんだけど、問題は、光くんが福美さんから離れられなくなっていることね」

自分としては、光がわたしと離れられないことが、得意でもあった。奈江よりもわたしを求める光が愛おしかった。

「いままでもこういうこと、ありましたか？」

「ここまではない、と思うわよ。赤ちゃんがおっぱいをくれるナニィになつくのは当然なんだけど、行き過ぎたらまずいわね。ネットワーク・ナニィでは、基本的には哺乳瓶の乳首が無理な子にだけナニィから直接おっぱいをやって、ストローやマグで飲めるようになったら、そっちで母乳をやるようにしてる。だからナニィと赤ちゃんは、ある程度の月齢になると会わなくなって、トラブルになったことはないの。だけど、泊まりっていうのが初めてのケースだし、哺乳瓶で飲めるのにおっぱいを直接飲ませたのも初めて。お姑さんたっての希望だったけれど、これ以上はやめた方がいいかもしれないわね。母子関係にヒビが入ったら、元も子もないから。そもそも、夜、この部屋に光くんがいて、母親と一緒にいないのはよくないわよ。いくら夜泣きがつらくても、母親がナニィに投げっぱなしにするのは困るわね」

「つまり、泊まりも出張もやめるってことですか？」

わたしは、光が奈江よりも自分になついていることに喜びを感じ、奈江に対していい気味だとすら思っていた。だから直接の授乳をやめるのは残念で仕方なかった。

「お姑さんには私から話すわ。ちょうどいまから会う約束なので。光くんは哺乳瓶を使えていたんだから、そっちに戻してもらって、今後は搾乳したおっぱいを届けましょう」

「じゃあ、わたしと沙羅はホームに帰るってことですよね？　今日？」

どうしても意気消沈してしまうが、廣瀬さんに気づかれないように平静を装った。

「そうね。福美さんにとっても沙羅ちゃんにとってもナニィ・ホームにいる方がいいんじゃないかな。ずっとこの部屋にいるだけっていうのも、あまり、ね？　それに夜も眠れないでしょ」

廣瀬さんの言う通りたしかに身体はしんどかった。沙羅もわたしも光のおかげで、細切れの睡眠となってしまっている。夜だけでなく昼間も光に振り回されている。閉じ込められているみたいでストレスもあった。

「次の授乳から哺乳瓶にしてもらって、福美さんはもう光くんと会わないように。今日はとりあえず夜まではいて、できるだけ搾乳して帰ってくればいい。そうしてもらうようにお姑さんに頼むから。そうとなったら、さっそく荷物をまとめて。あとで、ホームで会いましょう。待っているから。実を言うと、私もゆかりさんも、福美さんと沙羅ちゃんがいないと寂しくて」

そう言うと廣瀬さんは沙羅をそっと膝から降ろし、部屋から出て行った。

夕方、千代が部屋に来た。珍しくワンピース姿だった。

沙羅が眠っているあいだにと、わたしは荷物の整理をしていたが、手を止め、お世話になりました、と頭を下げた。てっきり別れの挨拶のために来てくれたのかと思い、わざわざすみません、と続ける。

「困るのよ」

千代はわたしの手を握ってくる。

「このままここにいてちょうだい」

懇願するように上目遣いで見つめてくる。

「え？」

わたしは訳がわからなかった。千代は廣瀬さんの話を理解していないのだろうか。

「せっかく、光ちゃんもなついているのに」

「でも、それがまずいのではないですか。奈江さんよりわたしになついてきているので」

「それでいいのよ。その方がいいの。このまま帰らずにここにいてちょうだい」

千代は握った手を放すと、授乳用のチェアーに腰かけて、足を組んだ。

「あの嫁を追い出したいの」

憎々し気に言ったあと、だから、と続ける。

「嫁がこの家に居づらくなるように、協力してくれないかしら？」

わたしだって奈江にはいい感情はない。しかし、いくらなんでも、そんなことは無理だろう。母親を助けるというナニィ・ホームの方針にも反する。

「それは、ちょっと……できかねます」

遠慮がちに答えると、千代は、あのね、と薄く笑った。

「あなた、失踪したお父様の借金を返しているんでしょう？」

わたしは、動揺して息を呑む。

「あの、なぜそれを」

千代の顔をまともに見られなかった。

「調べさせてもらったの。お母様とも音信不通のようね。そして沙羅ちゃんは未婚のまま産んでいるのね。出生届も最近出したばかりなんでしょ。それと、公務員の旦那さんが死んだっていうのは、作り話だったのね」

「……すみません……」

わたしはうなだれるしかなかった。この期に及んで、言い訳もできない。嘘がばれてしまっている。

「謝ることはないの。隠したくなる気持ちもわかるから、いいのよ。これからごまかさないでくれれば」

「はい……すみません」

それでも、謝罪の言葉が出てきてしまう。

「借金、わたくしが全部払ってさしあげるわよ。それだけでなく、お手当もいままでより多くします。だからここに残ってちょうだい」

とても魅力的な提案だった。だが、そこまでしてもらうのはかえって恐ろしかった。

「あの、そのことは、廣瀬さんに？」

「言ってないわよ。あなたを帰した方がいいって言うから、そうしましょう、ってことにした」

「じゃあ、こちらに残るにしても、そのことは、廣瀬さんに伝えないと。相談しますので、この件は持ち帰らせてください。今日はナニィ・ホームにいったん戻ります」

「そうね、ちゃんと廣瀬さんには伝えないとね。あなたにはネットワーク・ナニィを抜けてもらって、わたくしが直接雇うことにするからって」

「は？」

思わず聞き返した。抜けるとか、直接とか、このひとはいったいなにを言っているのだろう。

「あそこは中間マージンを取っているわけだから、それがなくなるだけでも、お互いにとっていいでしょ？　さらに借金もちゃら、報酬も上がるから、あなたがわたくしの提案を断る理由はないわよね」

わたしは、さっきまで一緒だった廣瀬さんの顔を思い浮かべた。

デパートで廣瀬さんに会わなければ、わたしと沙羅はどうなっていたかわからない。

彼女はいわば命の恩人なのだ。それからもナニィ・ホームでわたしたち母娘をあたたかく見守り、ゆかりさんとともに支えてくれた。

そんな廣瀬さんを、ゆかりさんを、裏切ることなんてできない。

ネットワーク・ナニィの規約にも、クライアントとの直接契約は厳禁であると記されている。

「わたしは、ネットワーク・ナニィを抜けることはしません。ですから、帰らせてもらいます」

千代の目をまっすぐに見て言った。

「そういうわけにはいきませんのよ。あなたを帰しません。あなたは、わたくしが雇うのです。ネットワーク・ナニィは納得せざるを得ないわよ。秘密の組織だもの、税金だって払っていないのよね？　わたくしが世間にばらしたら、いろいろと困るのは廣瀬さんでしょう。だから、あなたを手放してもらわなきゃ」

千代が口角をあげて微笑んだとき、わたしの背筋に冷たいものが走った。

どうしてこうなってしまったのか。

泣きわめく光を前にして、なすすべもなく途方に暮れる。

「離乳食ぐらいは手作りしなさい。母親なんだから」と姑の千代に言われ、レシピを渡された。それを忠実に守り、離乳食を作った。福美の娘、沙羅にはきえさんが離乳食を作っているのに、千代は、私には厳しい。母親なんだから、という言葉に続けて、おっぱいをあげていないんだから、としつこく言う。炊事、掃除、洗濯も、千代の「自分でしなさい」のひとことにより、きえさんの助けはなくなった。

粥を炊いたり、野菜をゆでてすりつぶしたりと、毎日一生懸命作っているのに、光は、スプーンを口に持っていくと、いやいやをして吐き出す。根気よく粘って口に入れることができても、せいぜい二、三口だ。そのうち、泣き出してしまう。下の歯が二本生えてきて、そろそろ離乳食が進んでもいい頃なのに、なぜ光は標準どおりのステップを踏んでくれないのだろうか。

予定日より二か月近く早く生まれたことから、体重も軽かった。成長にかんしてあまり焦らないようにと医師に言われているが、なにもかもがうまくいかず、いらいらがつのる。

今日は、にんじんをゆでてすりつぶしたものを粥に混ぜた。これなら甘みもあるから食べてくれるのではないかと与えてみたが、スプーンを振り払われ、オレンジ色のどろどろとした粥が、ベビーチェアーの小さなテーブルに飛び散った。

チェアーにのけぞる光が、おっぱいを欲しがっているのは明らかだ。私は光を抱き上げる。だが、あの、福美の部屋に連れて行きたくなかった。どうにかなだめようと、光を抱いてリビングダイニングを歩き回る。

光はいっこうに、泣き止まない。私の方が泣きたいくらいだ。

あやうく光のお尻を叩いてしまいそうになって、踏みとどまる。

私は、失敗しなかった。間違えなかった。人一倍頑張ってきて、その努力はほとんど実ってきた。

付属の大学があったけれど、より高い偏差値の大学を受験し、合格した。就職活動もすんなりといった。

男女雇用機会均等法が施行され、女性も男性なみの仕事に就けるようになった。そんな時代の流れもあって、私は広告代理店に総合職として入り、充実した仕事をこなしていた。多少のセクハラはあったがうまくかわしてきたし、仕事がうまくいかない場合も、なんとか乗り越えてきた。

勉強も、仕事も、友人との付き合いも、恋愛も、おおむね順調だった。

それなのに、結婚してからは、うまくいかないことばかりだ。そもそも、秀人との結婚を彼の母親の千代に反対されたところから、歯車が狂い始めた。

千代の言い分は、「働いている女性なんて、嫁として無理」で、「秀人と結婚するなら、仕事をやめなさい」というものだった。「無駄に頭のいい嫁は困るのよ」とまで言われた。

私の両親はともに大学教授だ。兄と兄嫁は医師で、大学病院に勤めている。実家は、女性が働くことに、なんの疑問も抵抗もない家庭だった。両親はつねに頑張る私を認めてくれた。母親はいつも多忙だったが、一線で働く母親を私は誇りに思ってきた。

だから、努力して勝ち得た学歴と仕事を、女性だからという理由だけで否定されるなんて、夢にも思わなかった。千代はいったいいつの時代を生きているのだろうと思った。秀人の父親の康男は政権与党の代議士だが、彼の家は、こんなにも保守的な価値観なのかとあらためて驚いた。

秀人が「子どもができるまでは働かせてやってほしい」ととりなしてくれたことに加え、康男がなぜか私を気に入ってくれたので、なんとか結婚できたが、結婚してからも千代はなにかと干渉してきた。幸い、結婚当初は秀人の両親と別居で、顔を合わせる機会はそれほど多くなかった。

しかし、千代は会うたびに「子どもを作れ」と圧をかけてくる。また、子どもができたら住むようにと敷地内にはなれを建て始めたとも言う。

なぜ勝手に住む家を決めるのか。千代の近くに住むのはまっぴらだ。

私のことを、子どもを産む機械かなにかだと思っているのか。

私という人格を認められていないように感じた。だから私は、子どもはしばらくいらない、自分が欲しいと思ったときに産もう、と決めた。

秀人も、私の考えに納得してくれていた。彼はいつも「奈江の好きなようにしたらいい」と言ってくれた。

しかし、結婚して三年が経った正月の宴席で、千代は、私に妊娠の兆候がないことをぐちぐちと責め始めた。

「そろそろできてもいいはずでしょう」

「どっかおかしいんじゃないの」

「病院で診てもらった方がいい」

次々に放たれる言葉に、秀人は、「そのうちに」とか、「まだ二人でいるのを楽しみたいから、子どもは……」と返してくれたが、千代は、「そんなお嬢さん気分では徳田家の嫁は務まりませんよ」と、私を睨みつけるのだった。

さらに康男までもが、「そろそろ孫の顔が見たい」と言い始めた。

私は黙っているしかなかった。義理の姉の友人である婦人科の医師から、ピルを処方してもらい服用しているとはとても言える状況ではなかった。なにせ、秀人にもそのことは伏せていたのだ。というよりそんなことを言ったら、大騒ぎになる。

子どもを産む気はまださらさらなかった。仕事はやりがいがあるし、秀人の言うように、夫婦二人の結婚生活を楽しみたかった。実際、外食や旅行を頻繁にしていた。二人だけの生活は心地よく、ずっと子どもがいなくてもいいとすら思い始めていた。

兄夫婦は、子どもを作らないと断言していたが、私の家ではそれが特に問題になることはなかった。兄嫁は結婚後海外の大学病院に単身で留学したこともあり、家族はむしろ彼女を応援していた。

実家では、女性だから、嫁だから、という縛りはない。それなのに、徳田家では真逆の価値観が支配している。

「不妊治療に行くべきね。わたくしが、いい病院を調べておくから」

そして一か月後、私は千代に連れられて産婦人科の診察をうけた。ピルをもらうために定期的に婦人科に行っていたので、自分はたぶん不妊症ではないだろうとは推測していたが、従わざるを得なかった。それに、不妊かどうかの詳しい検査自体はしたことがない。

二週間後、検査結果を聞きに行くと、子宮も卵巣も卵管も、ホルモンも何の問題もなかった。ピルは、病院に行くと言われた正月から飲んでいなかったので、その影響も出ていなかった。

「ご主人も調べた方がいいですね」

老齢の男の先生に言われると、診察室にまでついてきた千代は、まなじりをあげて怒った。

「と、とんでもないわ」

「男性の方が原因の場合もあるんです」

先生が、落ち着いた声で説明する。

「秀人にかぎって、それはないはずです」

千代は啖呵を切って、診察室から出て行った。

帰りの車の中で、口を閉ざしていた千代が突然、「どう考えても、原因はあなたにあるのよ」と話し始める。

「実はね。秀人は、大学時代、へんな女の子に騙されたことがあるのよ。妊娠したって言われてね。きっと秀人を自分のものにしたかったのね。狙っていたのよ。ほんと、迷惑だったわ。とてもじゃないけど、うちとは家柄も合わないし、ふしだらな子は困るってことで、おろさせたけれどね。産むって粘って大変だったのよ。それからね、年上の女にも一度はめられたの。かなりのお金を取られちゃってね。もう、ほんとうに、育ちの悪い人たちには困ったものだわ。その点、あなたは、育ちは悪くなくてほっとしているのよ。ご両親も立派だし、なんといってもあなたは修学館出身ですものね。わたくしとしては、仕事さえやめてくれれば、あなたを認めたいのよ。仕事をやめて、秀人の子どもを、できれば男の子を、産んでちょうだい。徳田家の跡継ぎを産むのは、あなたがしている仕事とは比べものにならないほど大事なことなのよ。徳田家は、この国を動かしていく家なんだから」

千代は私と目を合わせることなく、窓の外を見ながら言った。私は、運転手の山口さんの顔を後ろから窺ったが、いつものように表情なく運転している。

秀人が二人も妊娠させたことがあったとは、知らなかった。排卵日前後は避けていたし、外に出していたとはいえ、交際中秀人が避妊具を使おうとしなかったのは結婚を前提として付き合っていたからだと思い込んでいた。昔から、ほかの女にもそうだったのかと、すくなからず衝撃を覚えた。そんなに女にだらしないとは思わなかった。千代は女性のせいにしているが、秀人が無責任に避妊を怠ったのは明白である。

考え込んでいると、つまり、と千代がこちらを向いた。いつもの、冷たい顔だ。私を見るときの千代が、笑顔だったためしはない。

「秀人に問題はないの。あなたの方になにかあるに違いないわ。だって、秀人が、最近は避妊していないって言ってるんですもの。だったらもう子どもができてもおかしくないでしょう。きっと働いているからよ。からだに悪いのよ。ほら、パソコンの光がよくないとか言うじゃない？　あと、疲れているからって、拒むのもよくないわ。妻はつねに夫の求めに応じないと」

なにか言葉を返そうにも、呆れてすぐには出てこない。

私は、秀人が自分の母親に夫婦の性の話をしていることにも驚いた。たとえ千代が訊いたとしても、言わないでほしかった。気持ちが悪い。鳥肌がたつ。

「ですからね、また違う病院に行きましょう。しっかりと原因を突き止めて、治療して、産んでもらわなくちゃ」

ね、奈江さん、とたしかめるように言ってきたが、返事をしたくなくて、かたく目を閉じてうつむいた。

「そういう態度が、生意気なのよね」

千代は聞こえよがしにつぶやき、それからは重い沈黙が車中を包む。降り始めた雨が窓に叩きつける音とワイパーの音がやけに耳障りだった。

それからも私は、ピルを飲み続けた。千代の思惑通り妊娠なんてしたくなかった。

果たして私は間違った男を夫として選んだのではないか、という疑念が大きくなってくると、秀人への見方も変わってきた。

秀人と再会したのは、広告代理店に勤務して二年目の夏だった。総選挙を前に、私は政権与党の広報宣伝を担当するチームにいた。徳田康男の政治資金パーティで、秀人に久しぶりに会った。そのときはお互い走り回っていたので、ほんのわずかな会話を交わし、名刺交換をした程度だったが、のちに秀人から会社に電話がかかってきたのだった。

当時は、女性の総合職がそう多くなく、周りも私の扱いに慣れていなくて、こき使われるか、放置されるかという感じだった。私は仕事のペースがつかめずに、悩んでいた。けれどもそれを見せずに、かなり肩ひじを張っていた。

そんなとき、穏やかで優しい秀人と会うのは、とても癒された。秀人と過ごす時間は、いつしかかけがえのないものとなっていった。修学館での思い出話や同級生の話題など、話の種はいくらでもあって、一緒にいて飽きなかった。受験するため、高校にあがると勉強ばかりしていた私は、見た目もよくて女子の人気者だった秀人との接点があまりなかったが、うっすらと心惹かれていた。だから、秀人と付き合えたことは、ずっと解けなかった問題の解答を見つけたようで、ある種の達成感をもたらした。

「僕は、強くて頼もしい女性が好きなんだよね」

そう言ってくれた男性は初めてだった。それまで付き合った人は、「きみは、ご立派だから」とか、「ついていけない。男をたてろよ」などと言って、去っていった。秀人こそが、私にふさわしいパートナーではないかと思った。

しかし、その柔軟に見える性格は、秀人が、母親の千代の言いなりになってきた証なのかもしれない。秀人がなんでも、「奈江の好きなようにしていいよ」とか、「どっちでもいいよ」と言うのは、一見物分かりがいいように見えて、単に決断力のない優柔不断な男だからなのではないだろうか。それに、二度も女性を妊娠させたことが、どうしてもひっかかる。表面上は秀人への態度を変えてはいないが、心の奥でくすぶるものはぬぐえない。

それから毎月、生理のころになると、千代が電話をかけてきて、妊娠していないかをたしかめ、病院に行くようにせっついた。私はうんざりして、「お母さまは、子ども子どもって言うけど、産むのは私なのに」と、秀人に訴えた。

「いや、もちろん、奈江が嫌なら、病院は行かなくても……」

あくまで私の選択に任せるという言い方も、前ほどは好意的に受け止められなかった。秀人半年ほどして私は、秀人が出張中に実家に行き、子どものことを母に相談した。秀人に内緒でピルを飲んでいることも正直に告白した。

「奈江の気持ちはわかるけれど、あの家に嫁いだ以上、覚悟しなければね。おそらく子どもを産まないわけにはいかないでしょう。できないのなら……そうね、きっぱりと離婚しなさい。そうでないと、向こうから離縁される可能性もある」

母は神妙な顔で言った。

「離婚っていったって……」

そこまで考えてはいない。秀人が嫌いなわけではなかった。いや、いまでも好きだ。失うのは嫌だった。千代がからまなければ、二人だけでいれば、優しくてあたたかい人なのに。女性にだらしなかったことも、過去のこととして気にしないように自分で自分に言い聞かせていた。

「徳田家は、うちとは違う家なのよ。結婚は、この国ではまだまだ、家に入るってことでもあるの。その家のルールに従わないわけにはいかない。あなたの場合、ひとり息子、しかも、政治家の家庭。あなたのしたいことはなかなか通らない。あなたの選んだ人だから口出ししたくなかったし、秀人さん自身は好感が持てた。それでも難しい家だってことはあなたもじゅうじゅうわかっていると思ってた。だから、結婚のときは、私もお父さんも黙っていたの。やはり若いから、どうにかできるって考えちゃったのね」

「私自身、結婚、というものをしてみたかったし、秀人が好きだったから。それに、そう、どうにかできる、って思ってた。私なら、仕事を続けていけるって」

「過去はいいの、もう。これからのことを考えなさい。どうしても子どもを欲しくないっていうのなら、仕方ないわね。思い切って別れなさい。私は、あなたのためには、それがいいと思う。これからは離婚したって、傷にはならない時代よ」

子どもを持つことと秀人との離婚を天秤にかけるしかないのか。

なぜ、夫婦のうち、妻の私の方だけが、苦しい選択をしたり、大事なものを失うことを考えなければならないのだろうか。

この二つの選択肢だったら、いまの私にとっては、秀人を選ぶことになってしまう。

「どうしてもっていうほど子どもがほしくないわけではないけれど……いなくてもいいかな、ぐらいで。というか、仕事が楽しいし、夫婦二人も気楽だし……いまはまだ、っていう気持ちが一番強い」

「まあ、現在《いま》もまだ、子どもを産んで仕事も続けるのは、かなり大変ね。あちらのお母様が働くのを反対しているわけだから、なおさらね」

「ねえ、お母さん、お兄ちゃんと私を産んでどうだった？」

母は表情を崩した。

「そりゃあ、産んでよかったって思ってる。二人とも私の誇り。仕事を続けたから大変だったけれど、支えでもあったわね。まあ、私は完璧な母親ではなかったし、さみしい思いもさせたかもしれないけれど、いろんな人の助けを借りてなんとかやってきたって感じ。特におばあちゃんにはね」

たしかに、母が参観日などに来られなくて、がっかりしたことはある。だが、いまとなっては、それほど傷にはなっていない。自分が勤めるようになってからはむしろ、働き続けてきた母を尊敬している。

「おばあちゃん大好きだったから、さみしくはなかった。自分の母親がお母さんでよかったって思うよ。お姑さんがお母さんみたいだったらよかったのに」

「奈江、別れる気がなくて、子どもを産むことになっても、せめて、仕事は続けられるように、できる限り闘いなさい。私はおばあちゃんみたいに育児を助けてあげられないけど、保育園もベビーシッターもあるんだし。大変でも働くことを手放してはだめよ。たとえいまの仕事が続けられなくても、何らかの形で働いて、つねに社会とかかわって生きていきなさい。そのためにも、いつも学び続けなさいね。これから先、どんなことになっても、仕事があって自分の収入がしっかりあれば、媚びたり妥協したりしなくてすむのよ。その家にしがみつかなくてもすむ。私が言えるのはそれだけ」

その日私は、かつて使っていたままにしてある自分の部屋のベッドに横たわり、母の言葉をかみしめた。目に入った本だなには、たくさんの書籍が並んでいる。小説やノンフィクション、文庫、新書、教科書、問題集。さまざまな雑誌。法学部だったので、分厚い法律の専門書もある。

必死に勉強して志望した大学に受かり、思い通りの会社に入り、いまは国際会議のマネージメントに携わっている。仕事が楽しくて仕方ない。

絶対に手放したくない。母の言うように、仕事だけは続けよう。そして学び続けよう。

その代わり、妥協して、子どもは産もうと決めた。

しかし、ことはそう簡単ではなかった。ピルをやめてもいっこうに妊娠の気配がない。半年ほどして私は、義理の姉に紹介された不妊治療が専門の病院を秀人とともに訪ね、そこで秀人の検査もしてもらった。千代は自分が同行できないことと、秀人の検査をすることに怒っていたが、しぶしぶとひきさがった。私は千代に主導権を握られたくなかった。あくまで自分の選択として子どもを持とうと思っている。

秀人は、自分に非がないことに自信があるようで、検査を嫌がらなかった。しかし、結果は、軽度の男性不妊だった。精子の数が少なかったのだ。

「僕の方に原因があるって、絶対に親には、いや、誰にも黙っていてほしい」

秀人は沈痛な面持ちで言った。

「それって、私の方に原因があるってことになるじゃない？」

声が大きくなってしまった。

かっかとしてきて、「あなたが妊娠させたということになっている二人の件を知っている」「あれはきっとあなたが女に騙されていたってことよね」とでもぶちまけたい気分だった。

「頼むから」

精子の数が少ないことがよほどショックだったのか、潤んだ目でいまにも泣き出しそうだ。整った顔を悲痛にゆがめ、懇願されると、こちらとしても譲歩せざるを得ない。

「じゃあ、条件があるんだけど」

「なんでも聞くよ」

秀人は即答する。

「不妊治療して、子どもができたとしても、妊娠中も、産休と育休後も、私に仕事を続けさせてほしいの」

「え?」

「なんで、え? なの。あなたは子どもができたって、仕事を辞めないでしょう。私だって同じじゃない?」

「でも、母親が家にいないなんて。せめて小さいうちは……」

結局は秀人の価値観も千代と同じであることに落胆する。だが、ここはどうしても譲れない。

「その条件じゃないと、不妊治療だって始めたくない。秀人の方に原因があったって、治療の負担は私の方が大きいんだから。お腹を痛めるのも私なんだよ」

「うん……」

秀人はうなだれたが、すぐに顔をあげた。

「できてから考えるっていうのは？　とりあえず始めようよ、治療」

私は首を振った。

「そんな、なし崩し的なのは困る。ちゃんと約束してもらってから始めないと。そうじゃないなら、お母さまに事実を伝えます」

「わかった、わかったよ」

秀人が悲しそうに目を瞬いたので、気持ちがぐらつきそうになった。

くじけてはいけない、と私は秀人から目をそらした。

それから、出産まで、三年かかった。不妊治療もまた、努力したから実るというものではなかった。

まず、なかなか着床しなかった。着床しても流れてしまうことが三回も続いた。私には不育症という診断がついた。

妊娠に際して私にも難点があると知らされて、かなり落ち込んだ。運動も勉強も優れて、人より劣るという経験がすくなかっただけに、受け入れがたい事実だった。

心も身体もきつく、これは相当時間がかかるかと思うと、先が思いやられ、くじけそうだった。仕事にも支障をきたすことがある。不育症のことを知った千代に嫌味を言われるのも辛かった。私は女として出来が悪い、といったようなことを平気で言ってくる。

もう、別れた方がいいかもしれない。徳田家の人間をやめたい。

そう思い始めた矢先、妊娠が成功した。やっと胎児の心拍が確認できたときは、心底ほっとした。秀人が涙を流して喜んでいるのを見て、初めて嬉しさがこみあげてきた。

病院の公衆電話から、秀人がすぐさま千代に電話で報告した。

「うん、うん、よかったよ。うん、嬉しいよ、ママ。うん、うん……」

笑顔いっぱいに話している。しばらくして、秀人は、「奈江にかわるね」と私に受話器を渡してきた。

「もしもし、お母さま……」

「やっと、ね。まったく、時間がかかりすぎ。もうあなた三十過ぎてるじゃないの」

多少のねぎらいの言葉くらいあるのではないかと思った私が甘かった。

「もちろん、会社はすぐにやめるのよね？　仕事を続けるなんて胎教によくないものね。聞くところによると、赤ちゃんはお腹にいるときの記憶があるっていうじゃない。あなた、仕事を続けたら、子どもに恨まれるわよ。お腹にいたときから自分を大事にしていなかったって。そういうのが、非行につながったりするのよ、きっと」

あまりの言いように受話器を持つ手に力が入る。

「あの、私の母は、妊娠しても働いていたんですけど」

「あら、そうだったわよね。だからあなた、いまこうなっているんじゃない？」

こうなっている、とはどういう意味なのだろうか。まして、母を侮辱するかのような言葉に、怒り心頭となる。

それに、やっと子どもができたというのに、意地の悪い言葉を聞く方が、よっぽど胎教に悪そうだ。というより、まだ胎教もなにもないのではないだろうか。

「身体には気を付けます。もちろん、時期が来たら、産休も取りますから」

勢いよく言って、受話器を置いた。

千代に文句を言われながらも、仕事を続けた。働き続ける条件で子どもを産むという約束があったので、秀人は何も言わなかった。だが、千代からかばってくれる、ということまではしてくれない。

私は半ば意地になっていた。職場で妊娠を告げたら上司に嫌な顔をされたこともあり、身体がしんどくても手を抜くことなく仕事をこなした。幸い、妊娠の経過は順調だった。性別が男の子とわかると、千代がますます干渉してきて、早く引っ越してこいとうるさかったが、無視していた。

ところが、七か月をこえたあたりから、頻繁にお腹が張るようになり、仕事を休む日も増えた。さすがに私も、身重である自覚が足りなかったと反省した。それからは仕事のペースを抑えつつ働いた。会社には、私の妊娠に好意的な人もいたが、あからさまに迷惑そうな人もいて、肩身が狭かった。それでも頑張って会社に行き続けていたときだった。八か月に入ったとたん、破水してしまった。会社での会議中だった。慌てて会議を抜けタクシーで病院に行き、そのまま分娩となったが、胎児の心音が弱くなって危険だということで、急遽帝王切開となった。

麻酔から目が覚めると、千代の顔があった。すごい形相である。

「あなた、なにやっているの。早く産んだだけでなく、帝王切開なんてっ。母親失格よっ」

目を吊り上げて怒鳴った。

なんてひどいことを言うのだろう。どんな産み方をしたって、母親はこの私でしかないし、千代にその資格を決められる筋合いはない。

「ママ、目が覚めたばかりだから」

横にいる秀人が、千代の肩をさすっている。私の方を見ようとはしない。

「目が覚めましたか」

看護師さんが入ってきて、「診ますので、ちょっと失礼します」と千代と秀人を部屋の外に出してくれた。

「気分はいかがですか。お腹を切って手術しているので、ゆっくりやすんでくださいね。あ、でも、帝王切開は、珍しいことではないですから、心配なさらずに。赤ちゃんとお母さんにとってそれが一番いい、と先生が判断したことですから」

いたわりの言葉が胸に染みる。

「あの、赤ちゃんは」

脈をはかっている看護師さんに訊いた。

「ちょっと小さいけれど、元気な男の子ですよ」

「よかった」

私は、胸をなでおろした。

生まれた赤ちゃんは、二千グラムをわずかに超えた低出生体重児だった。保育器のなかの小さな我が子に初めて対面したとき、涙がぼろぼろと流れ落ちて、止まらなかった。

私は、ごめんなさい、ごめんなさい、と心のうちで謝っていた。

病室に帰り、ひとりでいると、また涙がこみあげてくる。

私は失敗した。

ちゃんと月満ちて産めなかった。

下から産めなかった。

会社にも迷惑をかけた。

痛み止めの点滴は、お腹の傷口には効くけれど、胸の痛みには効かず、その日はずっと眠れなかった。

失敗したのは、出産だけではなかった。おっぱいが出なかったのだ。マッサージをしようが、なにをしようが、搾り出しても、なにも出てこない。

母親失格。

千代の言葉が頭にこだまして離れなかった。

息子の光は三週間ほど入院し、二千五百グラムを超えて退院した。しかし、すぐに熱を出し、そのたびに病院に駆け込んだ。ミルクの飲みにもむらがあり、体重の増加もゆっくりだ。赤ちゃんなのにふっくらとしているとはいいがたく、ともすると壊れてしまいそうなほどはかない光を世話していると、罪悪感にさいなまれ、自分を責めてしまう。自分の子どもはかわいいとみなが言うが、あまりにも大変で、必死で、そんな気持ちを持つ余裕もない。

育児は仕事と違って、段取りをきちんとすれば見通しが立つわけでもないし、不測の事態もよく起こる。小さな赤ちゃんが相手だから、理屈は通らない。ストレスはたまり、疲労も限界に近づいていた。それでも、ただただ、体重をすこしでも増やし、丈夫になってくれればと祈るような気持ちで光と接する。

一方、昼間は仕事で接する時間の短い秀人は、ひたすらかわいいかわいいと愛でるだけだ。なんだか気楽そうに見えて、癪に障る。

結局私たちは、徳田家の敷地内に住まざるを得なくなった。身体の弱い光をほぼひとりで世話するのは無理だろうと言われたからだ。千代の間近に住むのは嫌だったが、現実問題として、きえさんが掃除や炊事洗濯をしてくれたり、山口さんの運転する車で病院に行けたりする環境は助かる。さらに、三か月検診で、医師から、「母親がノイローゼになるか、倒れそうだから気を付けるように」と心配された。

私と秀人は、はなれに移り住んだ。千代の干渉はかなり鬱陶しかったし、顔を合わせるたびに火花が散るような場面もあるが、私は心を強くして千代の干渉を跳ね返した。

それでも、手が多いことは助かり、私も育児のペースをつかむことができるようになってきた。光も六か月となり、だいぶしっかりしてきて、夜もよく寝るようになったし、ミルクの量も増えた。千代の存在という別のストレスはあるが、物理的に身体はだいぶ楽だった。これならば職場復帰もできるのではないかと思い、光が寝ている時間などに書籍を読んだり、情報を集めたりして準備を始めた。そして、秀人に仕事復帰の意思を告げた。

「え、もう?」

「うん、いますぐってわけじゃないけれど、光もだいぶ大きくなってきたし、様子を見て……」

「どうしても?」

私は黙ってうなずいた。秀人は、そうかー、そうかー、と繰り返していた。

三日後、昼過ぎに千代がはなれに突然やってきた。ちょうど光が昼寝を始めたところだった。

「あなた、職場復帰するんですって？　光ちゃんを置いて？」

いつにもまして、とげとげしい表情をしている。着物姿でなまじ美しいので迫力もある。

「はい」

ひるまないように奥歯をかむ。

「あなたねえ、待てないの？　光ちゃんにとって母親はあなただけなのに。せめて赤ちゃんのうちくらいは。まして光ちゃんは小さく生まれてるのに」

そう言われると、気持ちがぐらつくが、負けてはならない。

「保育園もありますし、ベビーシッターも頼めますし。子どもはたくさんの人の手で育てることも大事だと思うんです」

「保育園ですって？　徳田家の孫が保育園なんて、とんでもない。そんなところ、行かせたらかわいそうよ。貧しくて働かなくちゃならないわけでもないのに。なんで外で働くことにこだわるのよ。内助の功は、いやなのね。あなた、専業主婦を馬鹿にしてるの？　徳田家の嫁を務めるのも、立派な仕事よ。秀人がいずれ政治家になったら、あなたも忙しくなるんだから。徳田家の嫁であることは、国のために尽くすことと同じなのよ」

「別に主婦を馬鹿になんてしていません。私は、いまの仕事を続けたいだけです。お母さまこそ、外で働く女性を見下しすぎです。否定しすぎです。考えが古すぎます」

私は冷静だった。言うときは言わなければ、と思っていた。

千代は、鼻をひくひくさせている。

「本当に生意気よね。そこまで言い返されたことはないわ。秀人がわたくしに刃向かってきたことなんてないのに、他人の、嫁の、あなたに説教されるなんてね。私は姑に口答えひとつしたことなかったのに。あなたがそういう態度ならわたくしにも考えがあります。光ちゃんは、あなただけのものじゃないのよ。徳田家の、大事な、大事な孫なの。跡継ぎなのよ。決めたわ、わたくし、迷っていたけど、やります」

「なにをやるんですか」

「光ちゃんに母乳をやるのよ」

「母乳って、誰のですか？」

まさか、千代のおっぱいではあるまい。

「あなたと違って、おっぱいの出る人の母乳よ。光ちゃんがもっと小さいうちからやりたかったけれど、わたくしも一応遠慮していたの。だけど、もう決めた。乳母を呼ぶのよ。わたくし、光ちゃんがずっと不憫だったの。おっぱいを飲ませてやりたいって」

「乳母？」

耳を疑った。なぜそんなことを思いつくのか。

「まずは、おっぱいをもらってくるから、それを飲ませてちょうだい。ミルクはいっさいやめてもらうから」

新生児でもないのにおっぱいにそこまでこだわるのが理解できない。

千代は、バタンと大きな音を立てて扉を閉め、玄関を出て行った。その音に驚いたのか、寝室で寝ていた光が起きて泣き出したが、呆然としていてすぐに動けなかった。

こんこんとノックの音がして、我に返る。これまでのことを思い返し、気持ちがどこかに行ってしまっていた。

「さっきからずっと泣いているけど、光くん、おっぱいだよね？」

福美がリビングダイニングに入ってきた。最近は、こうやって向こうからやってくる。以前は部屋から出てくることはなく、授乳時間になるとこちらから行ったのに。福美はここに住むようになってから、どんどんずうずうしくなっているのではないだろうか。

光は、福美を見て、泣きながら手を伸ばしている。頬に涙の筋が何本かある。

この子は、母親の私より、福美がいいんだ。そう思うと、胸がかきむしられるようだった。

「光くん、ちょっと待ってね」

福美は「ここであげちゃうね」と言ってソファに座り、たわわな胸をあらわにした。細身なのに、胸だけは張っている。乳房に青筋もたっている。私の貧相な胸とは大違いだ。

胸をはだけて座る姿は、まるで、この家の主であるかのように堂々としている。慣れた手つきで黒々とした乳輪と乳首を消毒綿で拭き終えると、「はい、大丈夫」とこちらを向いて、まるで指図するかのように、「連れてきて」と言った。

光は、福美の方に身体を向けて、んわーっとまた泣き声をあげる。おっぱいがほしくてたまらないようだ。

近づきながら、そのまま光を投げて渡そうかという誘惑にかられた。それくらい、光も福美も憎らしかった。けれども、そこで深呼吸をひとつして、ゆっくりと静かに手渡した。

光は、おっぱいにむしゃぶりつく。福美が、勝ち誇ったような笑みを浮かべたかと思うと、こちらを向いた。

私は目をそらし、ダイニングチェアーに腰かけた。

おっぱい、たったそれだけで、福美に負けるのか。

何の努力もなく、ただおっぱいが出るだけで、努力して苦労してきた人間を超えてしまうのか。

そんなの理不尽だ。おかしい。

夜泣きが激しくなってから、夜は福美のところに光を預けたのがいけなかった。夜泣きから解放され、ゆっくり寝られ、夜に本も読め、秀人も寝室に戻ってよかったと思ったのは、大きな間違いだった。

あれから光は、めっきり私になつかなくなった。福美の後追いをする始末だ。離乳食も嫌がる。とにかく、おっぱい、おっぱい、となっている。

これはいくらなんでもまずいと、夜に光を福美に預けるのはやめて寝室に置いたが、二日ともたず、また福美のもとに連れて行った。そんな様子を見て、秀人もなんとなく私に対して距離を感じているように思える。

福美が泊まるようになって二か月が過ぎていた。ますます光は福美にべったりとなっている。本来ならばそろそろ仕事に復帰するつもりだったのに、こんな状態ではまだ戻れない。たぶん、しばらくは無理だ。いま離れたら、光は私を母親だとは思わなくなる。もしかしたら、福美がいる限り、職場復帰は無理かもしれない。このままでは会社を辞めなければならないかもしれない。

いったいいつまで福美はいるのだろう。おっぱいはいつまで飲むのだろう。三歳、遅い子は四歳まで飲むという話も聞いている。

最悪だ。まだまだ福美は居座るということなのか。なにもかも、千代の仕組んだことなのだ。乳母なんて雇わなければ、福美が来なければ、こんなことにならなかったのに。

千代が憎らしい。そして、その千代に何も言わない秀人もずるい。康男はほとんどいないし、かかわりもない。きえさんも山口さんも我関せずだ。私はこの家で、孤立している。誰も味方がいない。

福美に視線をやると、光は、先ほどと反対側のおっぱいを飲んでいた。福美は愛おしいといわんばかりのまなざしで光を見つめている。平凡な顔立ちで、地味な福美。小学生のころは、写真で見る限り太っていたが、いまは痩せている。あまりよく覚えていなかったけれど、思い出してみればあの頃も影が薄くておどおどして陰気だったと思う。いつも派手な格好で参観日に来ていた福美の母親の方がよほど印象に残っている。

そんな福美に光を取られそうになるなんて。

悔しくてしかたない。

福美も沙羅もいなくなってほしい。

私は両手でまぶたをおさえ、あやうく出そうになっている涙を押し返した。福美の前で泣くなんて、絶対にしたくない。

授乳が終わり、福美がリビングダイニングを出て行ったあと、私は光を連れてはなれを出た。暖かい日はこれまでも庭に出ていたが、福美親子と一緒になるのも嫌だったし、光が福美になついている様子も見たくなくて、最近はベビーカーで近くの公園に行っていた。だが、今日はもうすこし遠出をする予定だ。桜も開花し、散歩日和でもある。

母屋の前の駐車場を通ると、運転手の山口さんが車を洗っていた。いつもは表情の乏《とぼ》しい山口さんが、光を見て手を振った。そして、私にほんのすこしだけ笑いかけた。

もしかしたら、山口さんは、私を不憫に思ってくれているのかもしれない。同情されるのは苦手だが、それでも敵ばかりではないのかと思うと、かすかながら気持ちが上向いた。ベビーカーに乗った光は上機嫌できゃっきゃっと笑っている。

二十分ほど歩くと、ファッションビルやレストランが並ぶ通りに出る。カフェのオープンテラスの席には、すでに京子《きようこ》がいた。京子は、高校まで修学館で一緒だった親友だ。小学校のころから仲が良い。

「奈江、ここ、ここ」

立ち上がって大きく手を振っている。

私は、ベビーカーを押して近づき、京子の隣の席に座った。

「あれ、京子、陸《りく》くんは連れてこなかったの?」

「うん、幼稚園の体験入園。旦那が休みとって行ってくれてるの」

世の中には、妻に楽をさせてくれる夫もいる。確実に時代は進み、人々の意識は変わっているはずなのに、なぜ徳田家はこんなに時代錯誤なのか。そんな家の人間が国を動かす地位にいることがそらおそろしい。

奈江はひととき間を置いて深呼吸をしたあと、早いねと会話を続けた。

「そうか、四月からもう幼稚園なんだね」

「やっと、って感じかな。ちょっとだけ自分の時間ができるのが嬉しい」

若い女性店員が注文を取りに来て話が中断した。私はコーヒーを、京子はロイヤルミルクティーを頼んだ。店員が席から離れると、京子はさっそく、奈江、大丈夫？ と本題に入った。

「電話で聞いた限りでは、大変なことになってるね」

私は京子に、福美が乳母として暮らし始めたことや最近の顚末を伝えていた。すると京子は心配して会おうと言ってくれたのだった。

「もう、めちゃくちゃだよ。どうしたらいいんだろう」

ため息とともにベビーカーの方を見ると、光はすやすやと眠っていた。寝顔は愛おしいと思える自分にほっとする。

「光くん、徳田君に似てるよね。かわいいね。徳田君、ハンサムだからなあ。まあ、奈江も美人だし、どっちに似てもいいよね。うちなんて、どっちに似ても、はにわみたいな平坦な顔。それでも、かわいくてたまらないけど」

そう言って京子は、ははは、と乾いた笑い声をあげた。

「それがさ、最近、光をかわいいって思えなくて」

「うーん、そういうときもあるよね」

子育てでは先輩になる京子の言葉には説得力がある。だけどさ、と京子は続ける。だけどさ、は昔から京子の口癖だ。

「東条《とうじょう》福美っていったらさ。あたしたちがいじめた、あの、東条福美でしょ?」

「え? いじめた? 私たちが?」

素っ頓狂な声が出た。

「奈江、まさか、覚えてないの? 信じらんない。奈江が歌つくって、東条福美を囲んでまっちゃんとあたしと奈江で歌ったじゃない。あと、無視したりとか」

「歌? どんな?」

まったく身に覚えがない。

「こんな歌だよ」

京子は私に顔を近づけて、でーぶー、なーりきーん、と節をつけて小声で歌った。

「そうだったっけ? 私、そんなひどい歌作って、東条福美の前で歌ったの?」

「そうだよ。だけどさ、あの子、四年だか五年だかでいなくなったじゃない? あたし、自分たちがいじめたからじゃないかって、すごく気になって。だから、東条福美のことはよく覚えているの。ぜったい、あたしたちのこと、ていうか、奈江のこと恨んでるよ。だから、奈江の家に東条福美がいるって聞いてびっくりしたんだよ。だけどさ、まさか奈江が忘れているなんて思わなかった。いじめたこと、ちゃんと謝ったのかと思ってた」

「謝ってない。だって、いまのいままで忘れてたもん。いじめてたなんて」

「奈江、それ、まずいよ」

「なんで私、東条福美をいじめてたんだろう」

「いまだから言うけどね。気を悪くしないでね。奈江、お母さんが忙しくて参観日に来れないとき、すごく寂しそうだった。だって、参観日に機嫌が悪くなったもん。それで、目立ってた東条福美の母親、ほら、女優だった君川《きみかわ》しほり、のこと、いいないいなって言ってたこともあった。奈江、東条福美が羨ましかったんじゃない。それでいじめたんだよ、きっと。あたしの記憶だと、奈江、参観日のあと突然東条福美の歌を作ろうって言い出したからさ」

私が福美を羨ましかった？　それほど寂しかった？

「私、どうして覚えていないのかな。忘れたい記憶なのかな」

「てことは、もちろん徳田君が歌を止めに入ったのも覚えてないよね？」

「秀人が？」

「うん、徳田君に言われてあたしたち、歌をやめたんだよ。だけどさ、なんか、徳田君、東条福美に優しかったよね。いま思うと、いいやつだ。そしてあたしたちは最低だ。あたしはさ、自分の昔のこと、いつか罰が当たるんじゃないかってびくびくしてる。反省してるよ」

「秀人もそのこと覚えていないみたいだったけど」

「もう、夫婦してなんというか。だけどさ、奈江と徳田君にとっては、忘れるくらいささいなことでも、東条福美にとっては大きなことだと思うよ、それ。いじめられたことも、いじめを止めさせてくれたことも」

「ねえ、それはつまり」

私は、慎重に話し始める。

「東条福美はいま、私に復讐しているってことなのかな。おっぱいで」

「まあ、そう考えるのが妥当なんじゃないかな」

私は気が遠くなりそうだった。

コーヒーとミルクティーが運ばれてきた。熱いブラックコーヒーを一口すすったが頭はしゃきっとしない。もやもやとしたままだ。

もう一口、こんどは多めの量を流し込む。すると、急に吐き気があがってきた。

「ごめん、トイレ。光、見てて」

立ち上がり、化粧室に駆け込み、洗面台にかがみこんだが、吐くものはなく、しばらくするとむかつきは収まった。

この感じ、もしかして？

私は洗面台で口をゆすぎながら、前回の生理がいつだったかを考えていた。そして、それが二か月近くも前だということに気づいたのだった。

どうか、陰性でありますように。

妊娠検査薬の判定を待つあいだ、私はトイレのなかで切実に祈った。前にこの検査薬を使ったときは、プラスであることを願い、結果が待ちきれない思いだったが、いまはなるべく妊娠の有無がわかる瞬間を遅らせたい。知るのが怖い。光ひとりだけでもこんなにつらい状況なのに、また子どもを身ごもるなんて、ありえない。

検査薬は、尿をかけて一分もすれば判定が出る。つまり、もう、とっくに結果は決まっている。

私は、深呼吸をひとつして、手洗いのシンクの端に伏せて置いておいた検査薬をおそるおそるひっくり返す。

判定窓には、陽性を示すサインがくっきりと出ていた。

全身の力が抜けていく。立っていられなくて、トイレの床にしゃがみこんで、頭を抱えた。

だいじょうぶ、まだわからない。私は不育症だから、流れてしまう可能性もある。

そう言い聞かせたすぐあとに、子どもが流れることを願うなんて、私はなんてひどい母親なのだろうと自分が嫌になる。

母親失格。

千代が何度も口にした言葉が頭のなかでこだまする。

だけど、あまりにも、あまりにも、タイミングが悪いのだから、喜べなくても当然ではないか？

私だけが悪いわけではあるまい。できにくいからと、避妊をしなかった秀人が憎らしい。そしてそれを許していた自分も馬鹿だった。とはいえ、まさか妊娠するなんて思いもよらなかった。帝王切開だったから、次の妊娠まで一年以上あけた方がいいと言われても、光ひとりでもう子どもはいらないし、できるわけもないと信じていた。

それなのにこんなに簡単に妊娠するなんて。光を身ごもるまで、あれだけ辛い治療に通ったのはなんだったのだろう。

なにかの間違いかもしれない。もう一度、検査薬を試してみようか。いや、それより、病院に行って確認した方がいい。

結婚してからの私は、失敗ばかりしている。時計の針を結婚前に戻したくなる。

もしかして、これは、福美をいじめた罰をうけているのか。そうだとしても、重すぎやしないか。それとも、私は気づかぬうちにほかにも罪をたくさん犯してきたのだろうか。

小学校の頃や、それ以降のことを思い返すが、記憶は茫漠として、はっきりとわからない。思い当たるような素行を、自分では思い出せない。

途方に暮れ、検査薬の判定窓を虚ろに見つめた。

どれくらいそうしていただろうか。トイレから出て、検査薬を紙袋に包んでごみ箱に捨てた。そして、手をごしごしとこすって洗い、外出の支度をする。それから、あまり気は進まないが光を福美に預けた。背に腹は代えられない。

はなれを出て、病院に向かった。光を産んだところではなく、以前ピルをもらっていた婦人科に行った。万が一、妊娠検査薬の結果は間違いではないかと願ったが、やはり妊娠していた。すでに九週目で、三か月だった。

「夫が乏精子症なのに、自然妊娠するなんてことがあるんですか」

「まれにあるんです、そういうことも。命って不思議ですよね」

兄嫁の友人である女性医師の立花《たちばな》先生はにこやかに言うと、カルテに目を落とした。

「上のお子さん、もうすぐ九か月ですね。母乳ですか?」

よくされる質問だが、こう訊かれると、どうしても、母乳ではない、と答えるのが後ろめたい。いつも千代に母乳が出ないことを糾弾されているから余計にそう思ってしまう。

「いいえ、あ、いえ、はい」

私は授乳していないが、光が飲んでいるのは母乳である。説明がややこしいので、あいまいな答え方になる。

「では、おっぱいはやめておきましょうか。ちょっと早いけれどもう断乳しても大丈夫でしょう。ミルクに切り替えましょう」

「どうしてですか？」

「妊娠中におっぱいをあげたり、乳首を刺激したりすると流産しやすいと言われているんです。不育症の傾向もあるようですし、お腹も張りやすいみたいなので、授乳は控えておいた方がいいでしょう。上のお子さんを産んだ産婦人科で出産されますか？　しばらくこちらで診てもいいですが、徳田さんの場合は、前回が帝王切開でしたから、今回もそうなりますね。ですから早めに分娩する病院で診察を受けることをお勧めします」

「はい、わかりました」

どうしても声が沈んでしまう。

「徳田さん、年子で産むの、不安ですか？　それとも、不育症のことが気がかりですか？　やはり分娩のことが心配ですか？」

「ええ、まあ、そうですね、どれも心配で……」

本当は、妊娠そのものを喜べないのだが、まさかそんなことは言えない。

「大丈夫ですよ」

立花先生は優しくほほえみ、胎児の超音波写真をくれた。

「いまはつわりもありますし、あまり考えすぎないで、身体を第一にいたわってくださいね」

私は一応うなずいたが、考えないではいられない、と言いたい気持ちだった。

「それからですね」

立花先生は、急にまじめな顔になった。

「クラミジアに感染しているようですので、お薬を出しますね。お薬は胎児に影響がないものなので安心してください」

「クラミジア？」

聞いたことがあるような気がしたが、どういうものかよく覚えていない。

「性感染症です。ご主人にも伝えて、治療してもらってください」

「それって、どうやってうつるんですか？　妊娠するとかかりやすいんですか？　前は何も言われませんでしたが」

「クラミジアは性交渉によって感染します。特に妊娠するとかかりやすいというわけでもないです。ただ、自覚症状がほとんどない人も多いので、広がってしまうことが多いんです」

「ということは」

私は、息を継いでから、「夫からうつったってことですよね？」と続けた。私は、秀人と出会って以来、秀人以外の男性と性交渉を持ったことはない。

「そうですね。ほかに性交渉の相手がいないとすれば、その可能性が高いですね」

では、夫の秀人は誰からうつったのか。

それはつまり、秀人が、光を授かったあとに、私以外の女性と性交渉を持ったという証だ。


病院からはなれに帰り、ぐっすり眠っている光を福美から受け取ると、寝室に行った。福美の態度は相変わらず偉そうだったが、気にかける余裕もなかった。

光をベビーベッドにおろし、自分はクイーンサイズのベッドに横たわる。とても身体がだるかった。

秀人の裏切りを知り、湧いてきたのは、怒りよりも軽蔑だった。風船がしぼむように急速に秀人への想いが萎えていく。感情は昂るのではなく、冷えていく。

ふたりで必死に取り組んだ不妊治療で、夫婦の絆は深まったと思っていたが、そう思っていたのは私だけだった。

徳田家のなかで、頼りないけれども秀人に信頼を置いていた。秀人は積極的にかばってくれることはなかったが、少なくとも二人きりのときはいたわってくれた。最近ちょっとそっけないと思ったのは、ほかに好きな女性がいて入れ込んでいるからなのか。それとも単に遊びなのか。あるいは風俗か。

いずれにしても、秀人を許せない。

私が育児に悩み苦しんでいるというのに、秀人は外でよろしくやっていたのだ。そして誰かからクラミジアをうつされ、私にまで感染させた。

裏切っておきながら、秀人は何食わぬ顔で私のことも抱き、妊娠させた。

頭のなかに、超音波画像に映った胎児の心拍が蘇る。お腹に手を当てて、目をつむる。こんな状態でまた秀人の子どもを産めば、ますます私の首を絞めるのは間違いない。

起き上がり、バッグのなかの超音波写真を取り出して見た。光の初めての超音波写真は額縁に入れてベッドの横に飾り、秀人としょっちゅう眺めたのに、この胎児のものは、見るのが辛い。

私は写真を小さく折りたたんで、財布のカードホルダーに入れた。それから手帳を取り出して番号を調べ、末次洋子《すえつぐようこ》の勤務先に電話をかけた。彼女は大学時代の親しい友人で、弁護士をしている。

「ちょっと相談があって」

「勤務中だから手短にね。本当なら電話でも相談料をとるんだけど、特別に聞いてあげるね」

明るい調子で洋子は言った。

「ごめん、忙しいのに」

「声が暗いね。大丈夫？　深刻そうだね。私でよければ力になるよ。どうしたの？」

洋子は声色を真剣な調子に変えて、尋ねてきた。

私は、いま自分が徳田家で置かれている状況をかいつまんで話した。二人目の妊娠の判明で、秀人が外で女性と関係を持ったことを知ったとも打ち明けた。

「乳母を雇って、奈江を光君から遠ざけたわけね。つまり、奈江を追い出そうとしている、ってことなのか。そしてさらに、秀人さんの疑惑まで」

「光は私になつかなくなっちゃって。そうすると私も光がかわいく思えないときがあって……予定外にできた二人目もおろしたほうがいいかなって……私って最低だよね」

「私は子どもがいないけど、お子さんのいる人たちの離婚案件を扱っていて思うのは、母性というのは、もともと備わっているわけではない、ってこと。だから、そんな状況だったら、かわいく思えなくても当然でしょう。産むかどうか悩むのも当然だよ。奈江、自分を責めないで」

私は、受話器を握りしめて、うん、うん、とうなずいていた。自分には母性が欠けているのではないかと苦しんでいたから、洋子の言葉が染みてくる。

「まず、秀人さんの件は、ちゃんとした証拠をつかんだ方がいいね。プロの女性ってこともあるかもしれない。調査会社使って調べると費用がかかるけど、大丈夫?」

「うん、貯金でなんとかする」

こういうときに自由にできるお金があり、つくづく、働いてきて良かったと思う。

「相手の不貞の証拠をつかむのは、婚姻の継続のためにも大事。二人目のこともあるし、ちゃんと責任をとってもらわないとね。証拠があれば、たとえ離婚する場合も、親権なんかでこちらに有利になる。それと、乳母の件は、故意に母子関係を破壊しようとしているって言えると思う」

「洋子に依頼するよ。ちゃんと弁護士費用も払うから、助けてくれない? 愛情はほとんど残っていないけれど、向こうの狙いどおりに別れるのは癪だし、たとえそうなっても、黙って出ていくつもりもない。どうしたらいいか、本当に混乱している」

「わかった。じゃあ、まず詳しく話そう。そして、奈江がどうしたいか、考えていこう。ただ、秀人さんの素行はさっそく調べた方がいいから調査会社はすぐに紹介する。連絡先はあとで電話するね。そのとき面談の日時も決めよう。それから、くれぐれも身体を大事にね」

電話を切ると疲れがどっと押し寄せた。それでも、洋子のおかげでかなり心強かった。

私は負けない。屈しない。

またベッドに横たわり、目を閉じてつぶやいた。

いつの間にか眠っていたらしく光の泣き声で目が覚めた。光はベビーベッドに座って声を上げている。秀人によく似たその顔は、くしゃくしゃになっていた。そこには、千代の面影もある。

かわいそう、というより、うんざり、という気持ちが勝る。

抱き上げてもどうせ泣き止まないだろうと、光を放置した。半身を起こし、クイーンサイズのベッドに座る。福美には、こちらから連れて行かない限り授乳しないでほしい、部屋には入ってこないでほしいと先日伝えたので、彼女が光の泣き声を聞いても寝室に来ることはない。

それにしても泣き声というのは、どうしてこうも神経を逆なでするのだろうか。

耳を手でふさいで、目をつむる。だが、いくらきつくふさいでも、その声は聞こえてくる。

ベッドからおり、ベビーベッドに近寄った。小さな身体のどこにそんなエネルギーがあるのか不思議なくらい大声で泣く光を眺める。

この子を産まなければよかったのではないか。

そもそも、不妊治療までして子どもを持たなくてもよかったのではないか。

でも、産んでしまった以上、どうしようもない。

そしてまたもうひとり。

激しく泣き続ける光を抱き上げるが、いつものように、のけぞっている。いらだちは頂点に達し、クイーンサイズのベッドの真ん中に光を半ば放り投げるように乱暴に置いた。

光は仰向けに着地し、一瞬泣くのをやめた。だが、すぐにまた泣き出す。

私のおっぱいが出れば、泣き止ませることができるのに。

もう何十回も考えたことが頭をよぎり、そのときふと、立花先生の言葉を思い出した。

「妊娠中におっぱいをあげたり、乳首を刺激したりすると流産しやすいと言われているんです」

ベッドに座り、セーターをまくりあげ、ブラジャーのホックを外すと、こぢんまりとした胸がはだけた。それから光を抱き、その唇に自分の乳首を突っ込む。

光はいやいやと顔をそむけて、私のおっぱいを拒絶した。

私は光の頭をつかんで乳房にあて、ふたたび乳首を口に持っていき、強く押し付ける。真っ赤な顔で抵抗する光は、顔をそむけようとする。私は光の頭をつかむ手に力を込める。

すると光は、私の乳首に噛みついた。

あまりの痛さに両手が離れ、光が私の膝を経てまたベッドに投げ出された格好になる。叫ぶように泣きながら、仰向けからうつぶせに寝返りをうち、手足をじたばたさせ、また仰向けになり、そのまま一回転して、背中からベッドの下の絨毯に落ちた。

私は、悲鳴をあげた。

ベッドからおり、泣き続ける光を抱き上げようとしたが、どこか打っていたり、骨でも折れていたりしたらどうしようと、怖くて触れなかった。

急いで受話器を取り、山口さんの携帯電話の番号を押した。しかし何度も押し間違えてしまう。

どうにか通じ、光がベッドから落ちたことを山口さんに伝え、病院に連れて行きたいと訴えた。

「それは大変です。こちらはどうしても夜まで戻れないので、すぐタクシーを呼んでください」

そばで聞いていたのか、誰なの、という千代の声がする。若奥様から、と応える山口さんの声も聞こえた。

「いったいどういうこと？ 光ちゃんになにかあったの？」

電話を奪ったらしい千代の怒声が響く。

「ベッドから、ベッドから……」

その先の言葉が出てこない。すると千代が山口さんに事情を尋ねているのが受話器越しに聞こえてくる。

「あなた、いったいなにをやっているのっ。どうしてくれるのっ。とにかく、救急車でいいから、すぐに呼びなさい。いえ、わたくしが呼びますっ」

いつもは低い声の千代が金切り声で叫んだ。


レントゲンを撮り、診察をうけた光は、疲れ果てたのか、柵のあるベッドのなかでぐっすりと眠っている。

幸い、どこにも異状はなかった。

救急車で駆け付けた救急隊員も、泣いて手足を動かしている光を見て、心配ないと思います、と言ってくれたが、不安はぬぐえなかった。病院で小児科と整形外科の先生の両方から無事だと言われて、ようやく心から安堵する。

カーテンで仕切られた救急治療室の片隅で、私は涙を必死にこらえた。だが、光を見るたびにこみあげてくる熱いものを抑えるのは困難だった。爪をたてて自分の手首をきつくつまみ、強い痛みを感じることで、耐えた。そうすると、切れた乳首の痛みも遠のいていく。

カーテンがしゃっと開いて、福美が入ってくる。

「どうして？　来なくていいって言ったのに」

はなれに救急車が到着したとき同行すると言い張った福美を私はかたくなに拒絶したのだった。

「奥様から言われたの。おっぱいをあげに行きなさいって」

福美が光に近づこうとしたので、私は、来ないで、と制止した。すると、福美はその場で足を止めた。

「奥様から聞いたけど、なんともないんだよね？」

大学病院の公衆電話から山口さんを通して千代に無事は伝えたが、千代はすぐに福美に連絡したらしい。

「お腹すいてないの？」

「さっき、ミルクをあげたから、大丈夫」

「え？　ミルクを？　どうして？　それに、いまはゴムの乳首からじゃ飲まないんじゃなかった？」

なぜ、責めるように言われなければならないのだろうか。

「試しにマグのストローであげたら、上手に飲んだから」

「信じられない。わたしがいるのに」

福美は感情的になっている。

何様のつもりなのだろうか。勘違いも甚だしい。母親はこの私なのだ。いくら、昔のいじめの件があったとしても、こういう態度は許せない。

「かなりお腹が空いているみたいだから、先生がミルクをあげましょう、って」

私は、冷静に説明した。しかし、こうして説明しなければならないことも腹立たしかった。

実際、小児科の先生から、ミルクをあげても大丈夫ですか、と訊かれて、まさか乳母の母乳しか飲ませてはいけないからミルクはいらないなんて言えなかった。言いたくなかった。それに、ミルクを飲んでくれれば今後も助かる、という気持ちもあった。ミルクに切り替えられれば、福美になついている光は、私のところに戻ってきてくれるはずだ。

もう、千代の思い通りにさせるつもりはない。

光は、ゴムの乳首は嫌がったが、あっさりとマグからストローでミルクを飲んでくれて、ほっとしたのだった。考えてみれば、光は最近麦茶や白湯をマグのストローですでに飲めていたのだった。ミルクだって、以前は飲んでいた。

「勝手にミルクをあげたら、あとで、奥様から叱られるんじゃない？」

「私と義母《はは》のこと、つまり徳田家の問題は、あなたが口出しすることじゃない」

きっぱりと言った。ここではっきりとさせておきたかった。

福美は、唇をぎゅっと結んで悔しそうな顔になっている。

「マグから飲んでくれるから、たとえ母乳を続けるにしても、もうあなたも泊まらなくていい。配達してくれればそれでいい」

畳みかけるように私が続けると、福美は光に視線をやってから、カーテンを乱暴にひいて出て行った。

私は、気が抜けて、ベッドの傍らの丸椅子にへなへなと座りこんだ。

福美はこれまでに、私に対する復讐を果たした。おつりが来るほど、私を苦しめたのだから、もうじゅうぶんだろう。

光の方を見ると、もにょもにょと口を動かしている。愛おしさと申し訳なさで胸がつぶれそうになる。

ひどいことしてごめんね。許してね。ごめんね。ごめんね。

私は、ごめんね、をそれから何度も心のうちで繰り返した。

光が目覚めたので、病院をあとにし、タクシーではなれに戻った。途中、ドラッグストアに立ち寄り、粉ミルクと、その近くに陳列していたレトルトの離乳食を買った。今日診てくれた小児科の先生に、離乳食をもっと進めた方がいいと言われたことを思い出したのだ。

さっそく光にスタイを着け、ベビーチェアーに座らせる。それから、パックを開けて、離乳食を電子レンジで温めた。ふたを開けたときに、独特のレトルト臭で吐き気があがってきたが、すぐに収まった。こんどのつわりはかなり強いようだ。

光は月齢八か月だが、早産のため発達も遅いので、一か月以上差し引いて考えるようにしている。だから初期の五、六か月用の、『ほうれん草と豆腐のおかゆ』にしてみた。

温まったレトルトの離乳食を器に移し、スプーンでかきまぜて、すこし冷ます。そのあいだ、光はこちらをじっと見ている。もしかしたら、興味を示しているのかもしれない。いい傾向だ。

「光、マンマだよ。美味しいよ」

隣に座り、声をかけて笑いかけながらも、内心はびくびくしながら、スプーンを光の口に寄せ、舌の上にあてた。

光は、もごもごと口を動かすと、ごっくん、とゆるいおかゆを飲み込んだ。

なんだ、食べるじゃない!

手作りよりこっちの方が好きだったのか。

もっと早く与えていればよかった。

私は気をよくして、おいしいね、おいしいね、と声掛けしながら、もう一口、スプーンを光の口に持っていく。

光は、二口目も受け付けて、ちゃんと飲み込んだ。

やった。やった！

とにかく食べてくれた。この調子でいけば、離乳食も進み、おっぱいの量も減るかもしれない。さらにミルクに切り替えられればなおいい。

私は、三口目を光に差し出した。

しかし、今回は、光が口を閉じて、いやいやと頭を振った。

え、二口だけ？

「もうすこしだけ食べようね、光。いい子だね」

ふたたびスプーンを持っていくが、光はスプーンから顔をそむけた。

私は手を伸ばして光の顎をつかんだ。顔をこちらに向かせ、口を指で無理やり開いた。

そして、スプーンを口のなかに突っ込む。

わーっと光が泣き始めるが、私はひるまずに、離乳食を流し込んだ。

だが光は泣きながらおかゆを吐き出した。口の周りが緑色に汚れる。

「なにをやっているの！」

背後から聞こえる声に振り向くと、和服姿の千代が迫ってきていた。そして、私の肩を両手で突き飛ばした。

私は椅子から転げ落ち、光に噛まれた乳首を床に打ち付けた。鋭い痛みが走り、うつむいて胸をおさえた。

「かわいそうに」

聞こえてきた声は福美のものだった。顔をあげると、福美が勝ち誇った顔で光を抱いている。光は、福美の胸に顔をうずめていた。泣き声はすすり泣きに変わっている。

「さあ、おっぱいを早くあげてちょうだい。あっちでゆっくりとね」

千代が指示すると、福美は薄く笑ってうなずき、リビングダイニングから出て行った。

「いいですか？　あなたはもう、光ちゃんには近づかないでちょうだい。怪我をさせそうだったり、無理に食べさせようとしたり、光ちゃんにとってあなたは害悪でしかない。おっぱいも出ないし、ちゃんと光ちゃんの世話もできないんだから、そもそも必要ないんです、あなたは」

千代は憎々し気に私を見下ろして告げた。

私は、母屋の和室に千代と康男、秀人の三人と向き合って座っている。

ここから見える庭の桜はいままさに満開だった。すでに日は暮れており、照明に浮かび上がる桜の美しさは、幻想的だった。だが、その美しさも、いまの私にとってはかえって苦しみを増すものでしかない。

今日の千代はなにか大事な集まりがあったとかで、いつもより念入りに化粧をしていて、その口紅の赤さが際立っている。気色ばんだ顔が妖気のようなものを発していた。

並んで座る康男は、恰幅のいい身体を光沢のある紺色のスーツに包み、あぐらをかいている。整髪料でなでつけたてかてかとした白髪頭、油の浮いた肌に太い眉、大きな鼻にぎょろっとした目をしており、その迫力のある顔で私を睨みつける。先日党の幹事長になっただけあり、ものすごい存在感を放っている。

秀人は康男の面影をその瞳だけ受け継ぎ、千代によく似た端整な顔をゆがめて、縮こまっている。痩せ型の身体は康男の半分くらいしかない。康男に比べると、影が薄く、軽い感じがする。うつむいているので私とは視線が合わないが、そういう態度も情けなく見える。

「奈江さんなあ」

康男はしゃがれた声で話の口火を切ると、たばこに火をつけて深く吸い、ぷはあと大きく吐き出した。お膳をはさんで私にその煙が届く勢いだ。

「あんたな、自分のしたことがわかっているのかね?」

私はヘビに睨まれたカエルのごとく、何も答えられない。

「徳田の嫁として、光の母親として、あんたこれじゃあいかんだろう」

そうですよ、と千代が続ける。

「嫁として失格、母親としても最低ですよ。わたくし、あなたを同じ女とは思えない。

ねえ、秀ちゃん、そうでしょ。あなたからもなにか言いなさい」

秀人は、口ごもって、なにを言っているかわからない。

「はっきり言え、秀人」

どすの利いた声で康男が言うと、秀人はびくっと身体を震わせて、はい、と明瞭に答えた。だが、顔は伏せたままだ。

「な、奈江は、その、だから、その……」

声がだんだん小さくなって、聞き取れない。

「しっかりしろ、秀人っ。お前から言うべきだろうがっ。男のくせに、なにをもごもごと言ってんだっ。姿勢をただせっ」

康男が叱責すると、秀人ははじかれたように背筋を伸ばし、こちらを見た。瞳が潤んでいる。

「奈江とは、やっていけない……と思う」

自信がなさそうにつぶやいた。

私は秀人を正面から強い視線で見つめ返した。すると秀人は私から目をそらした。

やっていけないなんて、外でほかの女性と関係を持ったくせに、どの口で言っているのか。

すっかり白けた気持ちになった。

「つまり、徳田家から出て行ってほしいの。ちょうどいいでしょ。独身に戻ったらあなた、思い切り仕事ができますよ」

私は口をはさんできた千代の方に視線をやる。

「なんなの、その反抗的な目は。ああ、もう、本当に嫌だわ。虫唾が走る」

そう言うと千代は、康男の方を向いた。

「あなた、こんな嫁をもらったのが間違いだったわね。わたくしは反対したのに、あなたが賛成したから」

「いまさら蒸し返すな」

康男は、陶器の灰皿にたばこを押し付けると、懐から分厚い封筒を出して膳に置き、私の方に押し出した。

「とりあえずこれで部屋を借りるなりして、この家から出て行きなさい。当面の生活費にもなるだろう。実家に帰ってもいい。一応うちの嫁だったんだから、手切れ金は払う。籍を抜いたあと、残りを口座に振り込む」

「いりません」

私は、きっぱりと言った。康男の佇まいに気圧されていたが、勇気を振り絞って続ける。

「一方的で納得できませんから、出て行きません」

努めて淡々とした調子で言った。

「よくもまあ、そんなことが言えたわね。光ちゃんにあんなひどいことをして」

千代の言葉に、胸がうずいたが、引き下がるわけにはいかない。

「私の不注意で光がベッドから落ちたこと、離乳食を無理に食べさせたこと、反省しています。でも、私は光を産んだ母親です。これでも一生懸命やっているんです。私から光をとりあげないでください。光は私の子どもでもあるんです」

そう言いながら私は、この家に残りたいわけじゃない、光と離れたくないだけだ、と自分でもはっきりと理解した。理不尽なかたちでひとり追い出されるのはまっぴらである。

「産んだって言っても、帝王切開じゃないの。しかも早産で。三回も流産したし、あなたは欠陥品なの。最初から母親としてだめなのよ。おっぱいだって出なかった。ろくでもない母親なんて、いない方が光ちゃんにとってもいいんですから。世話は福美さんときえさんがするし、愛情はわたくしたちがたっぷりと与えます」

千代が目を吊り上げてまくしたてた。

私は膝の上でこぶしを握り締める。

「離婚しろってことですよね？」

そこでいったん息を継ぎ、千代、康男、秀人を順に見てから、封筒を押し戻した。

「私、妊娠しています」

ひととき、沈黙が流れる。千代は目を見開いてかたまり、康男は腕を組み考え込み、秀人は首を振っている。

「嘘だろう、それ」

最初に声を上げたのは秀人だった。

「そうよ、嘘に決まっています。そんな作り話、すぐばれますからね」

険しい顔で千代が言った。

「嘘じゃないです。病院で確認もしました。秀人さんのように」

そこでいったん言葉を区切り、「精子が少なくても」と強調して続ける。

「まれに自然に妊娠することもあるんだそうです」

千代の方をちらっと見ると、千代は唇を噛んで驚いた顔をしていた。康男は意味がわからない、といった感じで顔をしかめ、秀人は動揺して目が泳いでいる。私はようやく秀人の方に不妊の原因があることを白日のもとにさらせて、すっきりとした気分だった。

「いま、三か月です」

そう言って私はスカートのポケットから折りたたんだ超音波写真を取り出しお膳の上で広げ、封筒の上に重ねて置いた。

康男がそれを手にし、じっと見つめている。千代も秀人も顔を寄せて写真を見ている。

「心拍も確認しました。それでも、出て行けと言うのでしょうか」

産みたくないとすら思っているのに、まさかこの妊娠が切り札になるとは思わなかった。

「わかった。そういうことなら、追い出せないな」

康男は口元を緩めて、いやあ、でかした、と言って、ぱんぱんと拍手した。

「孫は一人かと思っていたからなあ。こりゃあ、めでたい。できればもうひとり男がいいな。だがな、奈江さん、あんた、態度を改めて、うちの嫁としてちゃんとしてくれよ」

私は、はい、と素直に答えた。

「態度を改めるなんて、どうだかわからないですよ、あなた。それにこの人、ちゃんと産めないかもしれないですから」

千代は口をへの字に曲げて言った。秀人は、呆けたような顔で黙っていた。

やはり、私の最大の失敗は、秀人との結婚だったと思う。

本当はこんな家から出て行って、新しい人生を始めた方がいいのだろう。けれども、私はどうしても光をあきらめたくない。

私は徳田家にとりあえずとどまった。離婚するにしても親権を取りたかった。そして養育費も確保したい。そのために、いままさに調査会社に秀人の素行を調査してもらっている。そのあいだは、できるだけ私に非がないように行動しなければならない。だから、千代に対しても反抗的な態度はとらないように気を付けた。これらは洋子と相談して決めたことだ。

最初は以前ほど口出ししてこなかった千代が、母屋での話し合いから二週間が経ち、光が突発性発疹で発熱したのをきっかけにやはり干渉を強めてきた。千代は福美を伴って病院についてきた。そんなとき沙羅はきえさんに預けられていた。

光は変わらず夜間は福美のところで寝ていたし、おっぱいも飲んでいた。つわりが激しかったので、それはそれで助かった。けれども、光が成長のわりに標準より早く発した初語が、おっぱいを意味する「ぱいぱい」だったことはショックだったし、福美になついていることは私の心をざわつかせている。福美がまだこの家にいることもわずらわしいし、直接おっぱいをあげることはやめてほしいが、千代に逆らうのは得策ではないので、我慢した。しかしながら福美の態度はいちいち腹立たしい。この人さえいなければと恨みがつのる。

寝るとき以外は、ずっと光と一緒に過ごした。突発性発疹が治ると、公園へ毎日のように散歩し、おもちゃで遊ぶ。すると、光は私に笑顔を向けて、まんま、まんまと言う。「ママ」なのか、離乳食をあげているからご飯の意味の「マンマ」なのかわからないが、私はそれが嬉しくてたまらない。こっそりとマグからミルクもあげるが、光は嫌がらずによく飲んだ。

おかげで福美のおっぱいを欲する回数も減っていった。福美はいぶかしんでいたが、私は離乳食をよく食べたと説明した。夜も私と一緒に寝て、夜半の授乳もミルクに切り替えた。夜泣きもなく、光は一度目が覚めるくらいになった。これで、福美の出番も減り、すこしずつ光との距離が縮まっていくと思うと、希望が見えてくる。

離乳食は、手作りしてもあまり食べてくれない。昨日の九か月健診でそれを告げると、医師は焦らないでいい、神経質にならないように、好きそうなものを優先にと言ってくれた。まさか乳母の母乳を飲んでいるとも言えず、自分の母乳だと偽っていたが、妊娠したので断乳してミルクに替えたと言っておいた。

「お母さん、それでいいんですよ。つわりなら、離乳食も頑張りすぎないでくださいね」

医師の言葉で気が楽になった。

料理をするのも辛く、自分の食事も適当になっていた。そして光には割り切ってレトルトの離乳食をやっている。医師も頑張りすぎるなと言ってくれたから許されるだろう。どうせなにをやっても三分の一でも食べてくれればましな方だった。ただ、赤ちゃん用のボウロやせんべいは好んでいるし、バナナをつぶしたものやリンゴをすったものを与えると嫌がらずに食べるので、栄養のバランスばかり気にせず、食べてくれるものをやっている。そうすると私のストレスもないし、光を憎らしく思うこともない。無理に口に突っ込むこともちろんない。

光が健診をうけた病院は分娩したところでもあるのだが、私自身を診てもらうことはしなかった。以前、秀人や千代が診察についてきたことがあったから、またそうなって、クラミジアの件を知られたくなかった。一か月もすれば治るというので、そのあとに健診に行くつもりでいる。調査会社で調べているうちは、私が秀人を疑っていると察しられたくない。秀人に知らせずにいて、相手の女性が感染しようがどうしようが、私の知ったことではない。私はもう二度と秀人と関係を持つことはないのだから。

私は、二人目を産むことに決めた。

仕事復帰もますます遠のくし、離婚したらそのあとのことも不安だが、お腹の子は私を救ってくれるような気がしている。げんに、妊娠したことでクラミジアの感染を知り、秀人の裏切りが判明したのだ。それに、徳田家の人間に妊娠を打ち明けた以上、もうおろすという選択肢はない。いまのところ、流産の兆しもない。

できにくいのに奇跡的にお腹に宿り、つわりでその存在をこれでもかと主張するこの胎児は、生命力がきっと強い。そう思うと、私自身にも力がみなぎってくる。これからの厳しい局面に立ち向かう勇気が湧いてくるのだった。

それからさらに一か月以上が過ぎた。

さわやかな初夏の風が気持ちよく、庭の芝生は青々としてみずみずしい。私のつわりも治まっていた。クラミジアも完治し、分娩予定の病院で妊婦健診もうけ、母子手帳ももらった。妊娠の経過も順調だ。

二人目ができたことを知ってからの秀人は、また私をいたわってくれるようにはなった。母屋での話し合いなどなかったかのようにふるまっている。私もそのことには触れない。だから、表面上は仲の良い夫婦に見えるが、心はまったく通い合っていなかった。それでも、日々は平穏に過ぎて行く。

もしかしたら秀人は心を入れ替えたのではないか。身を綺麗にしたのではないか。千代も私を追い出すことをあきらめたのかもしれない。おっぱいを一生飲むわけではないから福美だっていつかいなくなる。

ふと、このままでいいのかもしれない、私が我慢すればいい、と考えてしまう。だが次の瞬間、この家にいる限り私は不幸だし、これまで受けてきた屈辱はそう簡単に、なかったことにはできないと思う。これからだって、仕事をすることに反対してくるだろうし、子育てにも千代は介入してくるだろう。抑圧は続くのだ。

そもそも、なぜ母親になったからといって、妻や嫁だからといって、自分を押し殺さなければならないのか。

私は女性、母親、妻、嫁、である前に、ひとりの人間なのに。

秀人は、結婚して夫になろうが、子どもができて父親になろうが、好き勝手にしているじゃないか。しいて言えば、不妊治療に取り組んだことぐらいしかしていない。家にいるときは光をあやすが、育児に積極的なわけではない。仕事はフルタイムでしているし、付き合いの飲み会やパーティもしょっちゅうだし、出張もある。ゴルフにも行っている。

私だって働きたい。そう思うのは、わがままなことなのだろうか。

いや、そんなことはない。私は自分を取り戻してもいいはずだ。

愛情の冷めた夫と私を見下す姑がいる徳田家でいまこうして耐えているのは、光を引きとって離婚するためだ。だから調査会社に依頼して秀人の素行を調べている。そしてその報告を聞くために、これから電話をかけることになっていた。

私は、光が絨毯の上に座って、最近お気に入りのタオル地のサッカーボールで遊んでいるのをたしかめると、受話器を手にした。

やっとはいはいをするようになった光は、庭に出ると機嫌がよく、芝生を動き回っている。喃語《なんご》も増えて、バババババッと声を出し、ボールを投げたりして楽しそうだ。

福美と沙羅も庭にいて、沙羅は福美の身体につかまり立ちし、伝い歩きまでしていた。月齢が同じなのに成長の差があるのがいつもならすごく気になるし、福美親子と一緒の空間にいるのも嫌なのだが、私は、先ほど調査会社からうけた報告のことで頭がいっぱいで、心ここにあらずの状態だった。

このところの秀人の様子からしてもしかしたら調査しても何も出ないのではないかと危ぶんだが、それは杞憂だった。

秀人は、この一か月あまりで、三人の女性と会っていた。場所はホテルだったり、女性のマンションだったり、さまざまだ。女性たちの素性は、二人は素人、一人はプロの女性だということだ。

やっぱり。

疑いではなく、具体的な事実が明らかになると、身体じゅうの血が逆流しそうなほど、激しい怒りがこみあげてくる。

これほどひどい素行をしておいて、私とはやっていけないなんて秀人は言ったのか。そしてあの話し合いがあったあとも、二人目の妊娠がわかったあとも、女性と関係を切ることはなかった。

康男が艶福家なのは知っていたが、秀人もそれを受け継いでいるのか。

ひとりの女性と浮気しているわけではなく、ただ下半身がだらしないだけなのか。もちろん、ひとりだけだとしても裏切りだが、その女性に愛情があってどうしようもなく、というならまだ納得もいく。しかし、これは、ただ性欲のおもむくまま遊び歩いているだけではないか。結婚前にもいろいろあったようだが、もしかしたら、結婚してからもずっと外で女性と関係があったのかもしれない。子どもができにくいからとさらに調子に乗っている可能性もある。このまま調べ続ければ、まだほかにも出てきそうだ。

ぎゃあっと光が泣き声をあげたのでそちらを見ると、光が持っていたお気に入りのボールを、沙羅がかじっていた。福美が駆けつけて、光を抱いて慰めている。ボールはそのまま沙羅に持たせたままだ。

私は沙羅に近寄り、ボールを取り上げた。すると沙羅は、光よりもさらに大きな声で泣きだし、福美の足元にしがみついた。福美は眉根を寄せて私と沙羅を交互に見ている。私は、光を福美から奪って自分の腕に抱くと、光にボールを持たせ、庭からはなれに戻る。光は泣き止んで、ボールをぎゅっと握りしめていた。

私はつくづく徳田家の恐ろしさを思い知った。

二か月後、梅雨の明けた真夏日に、秀人が複数の女性と関係しているという客観的な証拠をそろえて離婚の申し立てをすると、千代の怒りはすさまじかった。康男にいたっては、ふん、と一蹴した。

「男の浮気は、甲斐性があるってことでしょう。それをいちいち騒ぎ立てて。だいたい、こっちが別れるように言ったときは拒んだくせに、なんなの。光ちゃんを連れて出て行くなんて、虫のいいことは通りません」

私は光から離されて徳田家を追い出され、実家に戻ることになった。引き裂かれた心の傷は深く、徳田家と福美への憎しみは増すばかりだった。

両親は傷心の妊婦である私をあたたかく迎えてくれて、兄夫婦も含めた家族みなが応援してくれたが、前途は多難だった。

離婚協議では、徳田家は辣腕の弁護士を備え、私が虐待まがいのことをしていたと主張し、光とお腹の子どもの親権を譲らなかった。だが、生まれてくる子どもの性別が女の子と判明すると、その子の親権はこちらにやってもいい、と言ってきた。

協議から調停へと争うことになったが、徳田家は手ごわかった。

「光君の親権を取るのは難しいから、向こうの条件で調停に応じた方がいいかもしれない」

洋子は口惜しそうに私に告げた。

納得がいかず悶々としているうちに私は臨月をむかえ、帝王切開で、希《のぞみ》を産んだ。

かなり気を付けていたこともあるのか、それとも妊娠出産は子どもによってそれぞれ異なるのか、出産までほとんどトラブルもなかった。

秀人はおろか、徳田家の人間は誰も新生児の顔を見に来なかった。光との差に、希が不憫で仕方ない。名づけは私がし、出生届を出したのは洋子だった。

「一応、まだ離婚していないので、徳田家の子どもとして届けてもいいです」

向こうの弁護士が恩着せがましく言ってきただけだった。

私は、しばらく希の育児に専念した。こんどもおっぱいは出なかったが、希はミルクをよく飲み、よく眠る子だった。そして、光に比べると驚くほど泣かない。母親がなにか努力をしたからとかそんなことは関係なく、赤ちゃんは、それぞれ生まれ持った気質があるのだと思った。

私はかつての自分の部屋にベビーベッドを入れた。両親も在宅のときはできる限り手伝ってくれる環境で、二人目で育児経験もあり、月満ちて体重も標準を超える大きさで健康に産んだとはいえ、乳児の世話はやはり大変だった。気が付くと、あっという間に三か月が過ぎていた。

ふっくらとした希の寝顔を眺めていると、愛おしさがふつふつと湧き上がってくる。希は私の小さい頃にそっくりだと母が言っていたが、たしかに秀人の面影はあまりなく、光にもそんなに似ていなかった。

別居してから一度も光に会っていない。一歳の誕生日も祝えなかった。ずいぶん大きくなったのではないか。だいぶ見た目も変わっているかもしれない。家を出る直前は、せっかくいい感じで光と触れあっていたのに。もう私のことは忘れてしまっただろうか。福美を慕っているのだろうか。光のことを考えると、息苦しくなってくる。大きな声で叫び出したくなる。

出産後は調停が中断しているが、離婚が成立したら、会うことはできるのだろうか。親権がなくても、面会ぐらいは許されるはずだ。会ったとして、他人のようにぎこちない触れ合いになるのだろうか。だが、千代があの手この手を使って面会を阻むかもしれない。あるいは、面会そのものが許されない場合もある。そう思うと、身体の一部がもぎとられたような痛みが走る。

希が目を覚まし、私を見つめて、笑った、ように見えた。私は思わず希を抱き上げて、ぎゅっと抱きしめ、頬を寄せる。やわらかくてあたたかい希は、ほんのり甘い匂いがし、私の心を慰めてくれる。

この子がいればいい。

光をあきらめよう。調停を終わらせよう。私は負けたわけじゃない。はやく前を向いて進み始めよう。

自分に言い聞かせた。

灯が消えて、扉にスポットライトが当たる。

大音量の音楽が流れている。

わたしの膝の上で、おっぱいを服の上から触っていた光は、びくっと反応した。

「光ちゃま、大丈夫よ」

頭をなでると、胸に顔をうずめてくる。

「ほら、見て。パパが来るわよ」

そう言っても、光は力なくいやいやと頭を振るだけだ。

白無垢から打掛、そして洋装へと二度目のお色直しを終えた新婦と新郎が入場してきた。五百人を超える招待客はみな、拍手で出迎える。

可憐なウェディングドレス姿の花嫁、咲子《さきこ》は、まだ二十四歳で、昨年大学を卒業したばかりだという。一方、モーニングに身を包んだ秀人は、さわやかで若々しく、咲子と十歳も年が離れているようには見えない。誰の目から見ても、お似合いのカップルだろう。

光はすっかり疲れてしまったようで、ぐったりとして、いまにも眠ってしまいそうだ。

朝から神社での結婚式があり、この披露宴でも延々と政治家や経済界の重鎮によるスピーチが続き、お色直しもこれからもう一度ある予定だ。大人のわたしですらうんざりするほどなので、まだ三歳なうえに、ただでさえ体力のない光は、そろそろ限界に違いなかった。

それに光は自分に新しい母親ができることもよくわかっておらず、興味のない大人の行事に付き合わされて、終始退屈そうだった。機嫌が悪く、ぐずってはおっぱいを欲しがり、わたしを困らせている。

光をこれ以上ここにいさせるのが、不憫に思えてくる。隣に座っていた千代に、あの、と話しかけた。だが、千代は秀人と咲子の方に気をとられていて、わたしの声が聞こえないらしい。

「奥様、すみません」

すこし声を大きくして言い、着物の袖に触れると、千代はようやく気づいた。

「光ちゃまを、先に連れて帰ってもいいでしょうか。かなり疲れてしまったみたいです」

「あら、光ちゃんたら」

そう言って千代が光の頭に触れて、「おばあちゃまの方を見てちょうだいな」と話しかけた。だが、光はわたしの胸に顔をうずめたままで、なにも反応しない。

「しょうがないわねえ。じゃあ、山口さんを呼んで帰ってちょうだいな。その辺で待っているはずですから」

「はい、そうします」

答えてすぐに披露宴会場のホテルをあとにした。


山口さんの運転するセダンの後部座席に乗り、バスタオルをかぶせて見えないようにしながら、光におっぱいを吸わせた。

もう母乳は栄養的に必要ないし、以前に比べれば出も悪くなっているのだが、光は夜寝るときや、不安なときなどに、わたしのおっぱいをほしがる。赤ちゃんというよりすっかり幼児となった光だが、わたしは、おっぱいを必死に吸う光が愛おしくてたまらない。

光が乳首から唇を離して、寝息をたて始めた。わたしは衣服を軽く整えると、しばらく光を抱いたままでいた。そして深く眠ったのをたしかめ、起こさないように慎重に光をチャイルドシートに座らせる。本当は抱っこしたままでいてあげたいが、山口さんは、授乳以外のときはチャイルドシートに座らせないと怒るのだ。

ふう、と一息ついて、窓の外を眺めた。十月のよく晴れた空が街路樹越しに広がっており、うろこ雲が見える。ベビーカーを押して歩道を行くカップルの姿は、平和な日曜日の光景そのものだった。

ふと、奈江はどうしているのだろう、と思った。あれから二年以上が経っている。わたしには、奈江を懲らしめたい気持ちが、たしかにあった。だから千代の言いなりになったし、奈江が追い詰められているのを見るのは小気味よかった。だけど、まさか身重の奈江を追い出してしまうとは思わなかった。

詳しい事情はわからないが、離婚調停にまでなって揉めたことも、離婚成立後に奈江が光と面会すらできなくなったことは、気の毒だとは思った。光と生まれてくる子のきょうだいふたりの親権が別々になったことも理解しがたく、胸が痛まなかったわけではない。

しかしあの時点では、わたしは自分がこの徳田家でますます必要とされるであろうことを喜ぶ気持ちの方が強かった。

もしかしたら、光の母親になれるのではないか。

つまり、徳田家の嫁、秀人の妻の座につけるのではないか。

妄想をして浮かれたほどだった。

けれどもそんな夢のようなことは起きなかった。考えてみれば当然だ。わたしのような人間が、徳田家に受け入れてもらえるはずがない。

奈江がいなくなったことで、授乳以外の世話が増えたけれど、私はあくまでも光の乳母という徳田家の使用人でしかなかった。

秀人などは、わたしに話しかけてくることもなければ、目を合わせることすらなかった。そして彼は、見合いで、誰もが名を知る大企業を営む家の娘である、咲子と結婚した。咲子が修学館を出ており、働かずに習い事と花嫁修業をしていることが、康男と千代のお気に召したらしい。

徳田家は、わたし、という人間を必要としているわけではない。おっぱいが出て、かいがいしく光を世話できるものなら、わたしでなくても構わないのだ。もしかしたら、ロボットでもいいのかもしれない。

そもそも、徳田家のひとびとは、女を、妻、嫁、母親、という役割、誰かを世話するものとしてしか認識していない。サラブレッドの咲子だって、しょせん、徳田家の嫁、という目でしか見られていないのだ。

それは、光を産んで追い出されてしまった奈江のことを考えてみてもわかる。かわりはいくらでもいる、といわんばかりに、秀人はあっさりと再婚した。

披露宴で、来賓の政治家のひとりが口にした言葉が忘れられない。

「咲子さんには、三人でも四人でも、じゃんじゃん産んでもらって、この国に貢献してもらわないといけません。そして、徳田康男に続く立派な政治家を育ててくださいっ」

この国に貢献……。

しょせん、奈江もわたしも、徳田家に、この国に、母性を搾取されただけではないのか。

そう思うと、奈江に会って話してみたくなった。

わたしと同じくシングルマザーになり、どうやって生きているのだろうか。奈江は優秀だから、きっと仕事にも復帰しているだろうが、世間の風はなかなか厳しいのではないか。

とはいえ、妻や嫁、母親といった役割だけでなく、自分自身、というものを持って働くことのできる奈江が羨ましくもある。

わたしはけっきょく、おっぱいを武器に徳田家にしがみついているしかないのだ。

セダンは三十分ほどで徳田家に着いた。

わたしは、光を抱きかかえて車から降ろし、母屋へ連れて行く。すると沙羅がきえさんとともに玄関に出てきた。沙羅は、わたしの顔を見るなり、足元にしがみついて激しく泣きだした。

「ママ、どこ行ってたの」

怒って、わたしの腿を叩く。

わたしは、光をきえさんに渡して、腰をかがめて沙羅を抱き上げた。すると沙羅はわたしにきつくしがみついてくる。光よりも重く、腰にずしんときた。

「ごめんね」

「沙羅ちゃん、ずっと荒れてて、泣き止まなくて……」

きえさんは困り果てた顔で言うと、光を連れて去っていった。

泣き止まない、と言ったけれど、泣き止ませる努力はしていないのだろうと思った。

ふだんからきえさんは沙羅に冷たい。沙羅の涙の跡や鼻水でぐしょぐしょの顔を見る限り、放置していた可能性もある。

きえさんだけでなく、山口さんも、そしてもちろん、康男、千代、秀人、徳田家に属する誰もが、沙羅を面倒な荷物であるかのように、ひどいときは、存在すらしていないかのように扱う。

わたしたちは、食事を供され、暮らさせてもらっている。給料だって悪くない。

でも、人として、尊重されているとはいいがたい。

「沙羅、ママと遊ぼうか」

沙羅は、鼻水を垂らしながら、うなずいた。

わたしと沙羅は、奈江が出て行ったあと、母屋に移り住み、はなれにいたときよりもわずかに広い部屋をあてがわれた。

授乳はほとんどなくなったとはいえ、好き嫌いも多く、喘息もちで身体も弱い光の世話は、おもにわたしに任された。四月から通い始めたプリスクールという幼稚園前の教室に連れて行くのもわたしだ。

つねに沙羅よりも光を優先しなければならないので、仕方なく沙羅は一歳前から近所の無認可保育園に入れている。おっぱいも、沙羅にはあげていない。保育園入園をきっかけに、乳首にワサビを塗って、無理やり断乳した。

沙羅はここに来たごく幼い頃から自分よりも光ばかり大事にされる環境で育った。それに加えて本来の性格もあるのか、自己主張が強く、癇癪もよく起こした。保育園でも扱いにくいと言われ、愛情が足りないのかもしれないです、とまで言われてしまった。

沙羅は、徳田家でも光と接すると、光をよく泣かせてしまう。だから、千代からなるべく光と一緒にいさせないようにと厳しく言われている。

わたしは自分の部屋で、沙羅とブロックで遊んだ。母娘二人だけになれるこの瞬間は、せめて思う存分沙羅に愛情を注いであげたい。このブロックは、昨年のクリスマスに千代が、「光ちゃんのを買ったついでに」と言ってくれたものだが、沙羅はブロックを組み立てることにはあまり関心を示さない。

沙羅はわたしがせっかく形のあるものを作っても、崩してしまう。どうやら壊すのが楽しいようだ。

「沙羅、いっしょに作ろう」と誘っても、ブロックを投げて笑っている。あまり好ましい遊び方ではないし、気になる態度だが、機嫌よく遊んでいるので、そのままにした。

しばらくすると、光が目覚めたと、きえさんが伝えに来た。

「ぐずっているので、行ってあげてください。わたしが沙羅ちゃんを見ています」

表情なく言ったきえさんに、お願いします、と頭を下げた。

わたしは、沙羅に近づき、「ちょっとここできえさんと待っていてね」と肩をなでた。

「いやーっ」

沙羅はわたしときえさんにブロックを投げつけると、ひっくり返って癇癪を起こした。

投げ散らかされたブロックと沙羅の様子を見て、わたしはさすがに、いまこのまま沙羅から離れてしまわない方がいいと思った。

だが、奥の部屋からは光のすすり泣く声が聞こえてくる。引き裂かれる思いを抱えつつ、仕方なく部屋を出た。


奈江との別居後、秀人も母屋に住み、しばらくはなれは空き家であったが、このたび手を入れて、新婚の秀人と咲子ははなれに住み始めた。

家具を一新し、カーテンや絨毯を替え、リフォームまでしたとはいえ、奈江が住んでいた家に咲子を住まわせる徳田家のデリカシーのなさにあきれてしまう。咲子は気にしていないように見えるが、それだって心のうちはわからない。

秀人はもちろん、咲子も母屋で食事をするように言いつけられているらしく、家にいるときは必ず母屋にやってきて、きえさんの作る料理を光と一緒に食べる。わたしと沙羅の食事も、きえさんが用意してくれるが、徳田家と食卓をともにすることはない。キッチンの片隅、あるいは自分の部屋で作り置きをもらう、といった感じだ。

最初のうち、咲子は菓子作りが得意だとかでケーキやクッキーを作っては、光にやり、光と仲良くなろうと努力していた。咲子は育ちの良さがにじみ出た素直な性格で、朗らかで親切だった。菓子を作るとわたしたち親子にも必ずおすそ分けをしてくれたし、沙羅にも声をかけてくれる。菓子はとても洗練された味で美味しく、沙羅は喜んで食べた。しかし、甘い物よりもおせんべいのようなしょっぱいものや果物が好きな光は、ほとんど口にしなかった。そして、咲子にもいっこうになつかない。光は秀人のことは大好きなので、咲子に秀人を取られてしまったように思っている節もある。

困った咲子は、距離を縮める努力をやめてしまった。菓子作りはしなくなり、婚前にしていた稽古事を再開し、ときには千代の出る会合にもついていって、毎日のように出歩いている。

光は相変わらず、なにかというと、わたしを呼び出して甘えてくる。沙羅が保育園に行っているあいだは問題ないのだが、そうでないときは、沙羅が部屋でひとり待つか、きえさんと一緒に過ごすことになる。そうすると沙羅が泣いたりわめいたりして、大変なことになる。

このままではまずいのではないか。

わたしはそう思いながらも、徳田家から出ることもできず、日々をやり過ごしていた。


半年ほど経ち、光は修学館の付属幼稚園に入園した。

山口さんの運転する車で幼稚園に送り迎えをするのは、わたしの役目だった。入園当初は泣いてわたしから離れなかった光も、一か月もすると慣れてきて、嫌がらずに幼稚園に通うようになった。そして、だんだんおっぱいも吸わなくなり、初夏を迎えるころには、まったくほしがらなくなった。きっかけは、おっぱいを触っているところを年長の男児にからかわれたことだった。

わたしが拍子抜けするほど、さしてひきずることもなく、光は断乳を果たした。幼稚園で疲れるのか、夜もぐずることが減り、寝付きもいい。友達もできて、毎日楽しそうに通園している。

光と沙羅を入浴させたのち、風呂場でひとり身体を洗いながら、自分の胸に触れる。

もうこのおっぱいは不要なのだ。

虚しさがこみあげる。

これからは、わたしがいなくても光は大丈夫だ。

そろそろ徳田家から出て行ってもいいだろう。

そう思うと、寂しい反面、すこしほっとするところもあった。沙羅の保育園での問題行動は治まらず、先週も友達を嚙んだと呼び出され、わたしは頭を抱えていたのだ。

ほかの仕事を見つけて、自由になり、沙羅と二人で生きていくべきだ。

暮らしが苦しくなるかもしれないが、沙羅を保育園に預けて働くことはできるのだから。

光の幼稚園が夏休みに入った日、わたしは思い切って千代に辞意を伝えることにした。夏休みを光と過ごすと、別れがたくなるかもしれないし、わたしがこのタイミングで辞めれば、咲子と光が過ごす時間も長くなり、打ち解けやすいのではないかと思ったのだ。

「奥様、お話があるんです」

朝食後のコーヒーをひとりで飲んでいる千代に話しかけた。化粧をしていない千代は、眉毛が薄く迫力に欠け、ちょっとだけ優しそうに見える。

「あら、わたくしも福美さんにお話ししたいことがあってね。ちょうどいいわ、座って」

わたしは、ダイニングチェアーに腰かけた。

「コーヒーいかが？　コーヒーメーカーだけど、淹れたばかりよ」

「はい、いただきます」

わたしはみずから立ってキッチンに行き、カップにコーヒーを注いでダイニングに戻った。しばらく黙ってコーヒーを飲む。

先にコーヒーを飲み干した千代が、「話ってなにかしら」と尋ねてきた。

「奥様から、お先に」

「いえ、あなたからでいいの」

「あ、いえ、どうぞ」

「じゃあ、遠慮なく。実はね。ふふふ」

嬉しさを隠し切れない、といった笑みを浮かべている。

「咲子さんに赤ちゃんができたのよ」

「それは、おめでとうございます」

わたしは努めて明るく言ったが、心のうちでは、この話を聞いたあとに、辞める、といった後ろ向きなことを言いにくいな、と思っていた。また、異母きょうだいができるのは、果たして光にとってよいことなのかどうかもわからず、心から祝福できないような気もしていた。

「結婚してすぐに不妊治療を始めたから、早くできてよかったわ。まあ、結婚前に咲子さんをちゃんと婦人科で調べているので、心配はしていなかったんですけどね」

たしか秀人に原因があるはずなのに、まるで女性の方に責任があるような物言いに違和感を持つ。

「よかったですね」

それでも、笑顔をはりつけて続ける。

「光ちゃまもお兄ちゃまになるんですね。最近は幼稚園も楽しく通っていますし、おっぱいも飲まなくなりました」

「まあ、そうなの。光ちゃん、えらいのね。そう……おっぱいは、もういらないのね。おりこうさんだわ。さすが徳田家の孫ね」

千代はにこにことして実に機嫌がよさそうだ。あれほどおっぱいに固執していた千代だが、あっさりとしている。きっとあの粘着は、奈江を排斥するための手段でしかなかったのだ。

わかってはいたが、わたしのおっぱいがただの道具でしかなかったことは明白だった。しゅるしゅると力が抜けていき、背もたれに寄りかかった。けれども気を取り直してすぐに居ずまいをただす。

「それで……」

福美が話し始めようとしたとたん、千代が、「まだこちらの話は終わっていないの」と遮った。

「あなた、これからは、住み込みのお手伝いさんとして働いてくれないかしら」

「え？」

「きえさんも、もう七十近いから、はなれの方の掃除洗濯までお願いするのもねえ。それに、赤ちゃんが生まれたら、そのお世話もあるでしょう。あなたなら光ちゃんもなついているし、勝手もわかっているから。シッターの仕事だけでなく、秀ちゃんのところの家事もお願いしたいの。もちろん、お給料はこれまでよりも払います」

わたしは黙ってうつむいていた。給料を上げてもらったところで、沙羅にとってここにいることがよくないのには違いない。光がいる限り、沙羅は自分がないがしろにされていると感じ続けることになるのだ。

光を心からかわいいと思うし、これからも世話をできるのは嬉しいことだが、自分の娘を犠牲にしてまで、徳田家のために働く理由はない。

加えて、考えてみたら、いつかは縁が切れるであろう、まったくの他人の光にこれ以上感情移入しても、別れるのが辛くなるだけだ。それなら、なるべく早く立ち去るのが賢明だ。

わたしは顔をあげて、息を深く吸った。

「お断りします。わたし、辞めさせていただきたいんです」

千代の顔がひきつっていく。

「あなた、光ちゃんをほって出ていくおつもり?」

責めるような口調に変わっている。

「光ちゃまには、咲子さんという新しいお母様ができたわけですし、奥様や旦那様、若旦那さまもいらっしゃいます。わたしのおっぱいも卒業したので、いい機会だと思うんです」

「あなた、そんなことを言える立場かしら」

千代が口角を上げたのを見て、半ば脅しのようなかたちでネットワーク・ナニィを抜けさせられ、徳田家に直接雇われたときのことを思い出し、背中がぞくっとした。

そうだ、わたしは、借金を千代に清算してもらった義理もあるのだった。

「立て替えていただいた借金は、必ず返します。いまは、貯金を集めても、半分くらいしか払えませんが」

「たいした金額じゃないから、それはいいのよ、別に」

「いえ、ちゃんと返します」

「そんなに辞めたいのね? 理由はいったいなに? なにか不満でもあるのかしら?」

「いえ、不満とか、そういうことではないんです」

「じゃあ、どうしてなの?」

「沙羅のことです。沙羅の情緒が安定していないのが気になるんです。もしかして環境を変えたら、沙羅が落ち着くのではないかと思いまして」

「あなた、何を言っているの。ここにいるのが、沙羅ちゃんにとって良くない環境だとでも言いたいの？　いいもの食べて、こんな立派な家に住んでいるっていうのに。沙羅ちゃんは、そういう性格なのよ、きっと。小さい頃は、女の子の方がきついっていうじゃない」

とてもじゃないが、光を優先していることが沙羅に愛情飢餓感を抱かせているのだと、千代に面と向かっては言えなかった。徳田家では誰も沙羅を大事にしていないことが沙羅の問題行動に影響しているかもしれないと、説明することもできない。

「いえ、こちらの環境が悪いとか、そういうわけではないんです」

気持ちとは裏腹でも、そう言うしかない。

「あなた、自分が貧困を経験しているっていうのに甘いのね。生活レベルが落ちてしまったら、ますます沙羅ちゃんにもよくないでしょう。ここにいる方がいいんじゃないかしら」

「でも……」

乳児の沙羅を連れてデパートをさまよったことが思い出される。

暮らしが貧しいのは、たしかにしんどいので、反論しづらかった。

「あ、わかったわ。きっと保育園がいけないのよ。やっぱりね。ああいうところは、お母さんが働いていて、寂しい子たちばっかりだから、沙羅ちゃんにもよくない影響があるんでしょう。幼稚園に変えなさい。まさか修学館ってわけにはいかないけれど、この近所でいい幼稚園を探せばいいわ。そうね、女の子だから、聖マリア幼稚園なんかはどうかしら。なんとか入れるようにわたくしが手配してさしあげるわよ。環境を変えるんだったら、保育園から幼稚園に変える、そういう道もあるじゃない？　沙羅ちゃんもあなたといられる時間が多くなるわけだし、寂しくないでしょ」

それでは根本的な問題は解決しない。わたしと沙羅が一緒にいる時間が増えても、そこに光がいれば、何も変わらないのだ。むしろ、弊害が多いくらいだ。

「でも、幼稚園は、お迎えの時間が早いので、わたしがこちらで目いっぱい働けないのではないでしょうか」

「いいのよ、できる範囲で。とにかく、光ちゃんのためにここにいてちょうだい。あなたにあれだけなついているんですから。いなくなったら悲しむでしょう。光ちゃんはまだ咲子さんと親しくなれていないし、赤ちゃんが生まれたらいじけちゃうかもしれないでしょう。きょうだいができるとやきもちやくものだって言いますからね。もちろん、わたくしたちがたっぷり愛情を与えるけれど、わたくしたちも忙しいから、いつも一緒にはいられない。ですからね、あなたがいてくれたら、安心なのよ。お願いできないかしら」

要するに、千代は、光や自分たちのことしか頭にないのだ。

ここで、押し切られてはいけない。

沙羅を守ることができるのは、わたししかいないのだから。

「いえ、やっぱり、辞めさせていただきます。とてもお世話になったのに、申し訳ありません」
一、二、三、四、五、……十秒ほど頭を下げていたが、千代の反応はない。
しびれを切らして頭を上げたら、目が合った。千代は、冷めた表情でわたしを見つめて一回うなずくと立ち上がった。それからキッチンに行き、コーヒーサーバーを手にして戻ってくると、自分のカップとわたしのカップにコーヒーを注いで、チェアーに座りなおした。

千代は、一口コーヒーをすすると、福美さん、と低い声で言った。

「徳田が、あなたのお父様と半年ほど前に会ったのよ」

「え？　いまなんて？」

あまりにも想定外の言葉で意味がよくわからなかった。

「主人が、あなたのお父様と、会ったんです」

「父に？　父に会ったんですか？　どうして？　行方不明なのに……」

思わず声が上ずっていた。

「まとまったお金を貸してほしいって、あなたのお父様が突然徳田の事務所を訪ねてきたのよ。昔、たくさん献金したんだから、貸してくれてもいいだろうって言ってきたらしいの。それでね、徳田があなたのことを話したのよ。それから、うちが借金を肩代わりしたこともね。お父様、あなたと沙羅ちゃんに会いたいけれど、いまは会えないって言っていたんですって。よろしく頼みます、って逆に頭を下げられて、それ以上お金のことは言わなかったそうよ」

「そうですか」

借金をしに来たと聞き、いたたまれない。この場で消えてしまいたいくらいだ。しかし、千代が父のことをわたしに半年も黙っていたことに納得できず、複雑な気持ちに陥った。

「でもね、徳田はあのように、太っ腹な男でしょう。お父様がかわいそうになって、返さなくていいからと、いくらか都合してあげたみたい。それに、昔献金してもらったり、選挙に協力してもらったりしたのも事実ですからね。そういう義理には堅いのよ、徳田は。あなたの借金を肩代わりしたのも、それがあってね」

「そうですか……、なんと言えばいいか……すみません」

わたしはもう一度頭を下げた。

「いいのよ。別に」

わざわざ父の話を持ち出している時点で、いいわけがないではないか。

わたしの唇は震えていた。

「あなたのお父様、ずいぶんと痩せてみじめだった。口惜しくて顔色も悪かったそうよ。どこか悪いのかもしれないわね。身なりも、昔とは比べものにならないくらい質素だったんですって。どこに住んでいるかは訊いても答えなかったそうよ」

こみあげてくるもので、鼻がつんとなるが、決して泣くまいと堪《こら》えた。

「それと、ね」

まだあるのか、と唾を呑み込む。

「あなたのお母様、ですけどね」

今度は母のことかと、身体が硬くなる。

「お父様が居場所を突き止めたらしくてね、あなたに知らせてほしいってことだった」

「母の居場所、ですか？」

「知りたいでしょう。福美さん。お母様に会いたいわよね？　沙羅ちゃんを見せたいでしょ」

千代は私の目をまっすぐに見つめてくる。わたしは、目をそらしてコーヒーカップに視線を移した。

ずっと会いたかった母。

母が幾何学模様のワンピースを着ている姿がカップの中のコーヒーに映し出された。

だが、いまさら会ったとして、なんになるというのか。

きっと母はわたしのことなど、気にかけてもいないだろう。

わたしは千代に視線を戻した。会うつもりはない、と言おうとしたとき、千代が、お母様は、と先に言葉を発した。

「あなたに会いたがっていましたよ」

「それ、どういうことですか？　奥様がどうして？」

「わたくし、会ってきたんです。わたくしたち、修学館の母親同士、一時期親しくしていたから、話も弾んだわ。お元気だったわよ。昔と変わらずお綺麗でね。あまり久しぶりって感じでもありませんでしたよ」

「母はどこでなにをしているんですか？　家庭はあるんですか？」

わたしが矢継ぎ早に訊くと、千代は薄く笑った。

「そういうことはみな、あなたが徳田家に残るかどうかで教えてあげるか決めます。残ってくれたら、お母様に会わせてさしあげるわよ」

政治家は、その妻までもが政治的なのだとしみじみ思う。

ことに徳田家の人たちは、こうやって人の弱みにつけこんでなにもかも思い通りに押し通してきたのだろう。

わたしはとりあえず徳田家にとどまることにしたが、千代はあれから母のことを口にしなかった。きっと、母のことを話し、会わせてしまったらわたしが辞めるだろうとわかっているのだ。

わたしの方も、母に会う勇気が持てず、そのままにしていた。自分を捨てた母に対する恨みつらみと、恋しくてたまらなかった思いが相反し、母の前で自分がどういう態度になるか、予想できなかった。母に悪態をついてしまうかもしれない。嫌われたくないけれど、思い切りなじってしまいたいような気がしている。

会わない方がいいとも思う。かといって、どこでなにをしているかは気になるが、それさえも訊けない、宙ぶらりんの状態だった。ひとたび母の話に触れ、消息を知ってしまったら、平静を保てそうにない。

わたしは、沙羅を引き続き保育園に通わせた。沙羅を幼稚園に移さなかったのは、光の通う修学館と聖マリア、二か所の幼稚園の送迎時間が重なっており、物理的にこなすのが無理だと判断したからだ。さらに癇癪持ちでほかの子どもに乱暴をしがちの沙羅が途中から新しい幼稚園になじめるとも思えなかった。まして聖マリア幼稚園は、お行儀が厳しくて有名なお受験幼稚園だった。

暦が師走に入ったある日、徳田康男が後援会のパーティのスピーチで放った失言が、ニュースに取り上げられるという騒ぎが起きた。わたしもその映像を観た。

「女は子どもを産めなくなったら終わりだから、姥捨て山が復活したらいいんじゃないか。いい考えだろう？」

康男は、はっはっはっと豪快に笑って続ける。

「働きたいなんて言うようになって、女が生意気になった。なまじ頭がよくなったから、女は子どもを産まなくなったんだ」

そうだ、そうだ、と会場から相の手が入る。

「近ごろはとにかく不倫、不倫、ってうるさい。男は外で子づくりしたっていいんだ。少子化なんだから」

脂ぎった顔で、がははと笑うと拍手が起きる。

この様子は、繰り返しテレビのワイドショーに流れて非難を浴びただけでなく、その後徳田康男は愛人とのあいだに隠し子が二人もいるということが週刊誌にスクープ記事として出た。

また続報として、これまでの徳田康男の女性関係や、息子で秘書の秀人の下半身のルーズさも詳細な記事になった。秀人の相手のなかには、人気女優も含まれていた。

わたしは、そこで初めて秀人と奈江との離婚がこじれた理由が女性関係のせいだったことを知った。

秀人の女性問題は、幼いころ秀人にあこがれていたわたしにも衝撃が大きかった。信じたくなかったが、徳田家に来てから秀人を観察していると、優柔不断で軽い、という印象がぬぐえず、さもありなん、という感じがしないでもなかった。

妊娠中の咲子は激怒して実家に帰ってしまい、秀人は咲子の実家に足を運んでは謝罪しているようだった。

徳田家の周りにマスコミが押しかけ、出入りする者は質問攻めにあった。そんななか、光の幼稚園が冬休みに入っているのは不幸中の幸いだった。

康男は泰然として動じず、変わらなかったが、千代はやつれた顔で家にこもっている。光と遊ぶのだけが慰めのようだ。

大晦日の数日前、母屋の和室で光とかるたをして遊ぶ千代から少し離れた場所で、わたしときえさんは、年末の大掃除として、念入りに廊下や窓の拭き掃除をしていた。

すると、めったに無駄話をしないきえさんが、雑巾を動かす手を止めて、ため息まじりにささやいた。

「若旦那様を産んで数年後に、奥様は筋腫で子宮を全摘出したんです。それで一人しか産めなかったんですよ」

千代に聞こえないようにだろうか、きえさんは、口元に手をあてがっている。

「そうなんですか」

なんとなく、千代が出産や育児にこだわりが強いことが納得できたような気がした。

「ですから、旦那様の発言には、ショックを受けていると思いますよ。姥捨て山なんてね。わたしだって、独身で子どもがいないし、とっくに閉経もしているから、価値がないってことですよね。旦那様、いくらなんでもひどい」

きえさんは深いため息をついて、雑巾をひっくり返した。

「奥様は旦那様の浮気も、なんでもないという顔でいつも耐えているけれど、隠し子のことはやり切れないでしょうね。奥様が筋腫の手術をしたあと、外にできた子どもですからね」

きえさんは、目をつぶって頭を振った。

わたしは、あの、とやはりささやくように言った。

「この先、どうなってしまうんでしょうか」

「旦那様と奥様の関係はこれまでどおりでしょう。別にそれで旦那様が議員を辞めるとか、そういうこともないでしょうし、党での地位が変わるってこともないんじゃないでしょうかね。マスコミが派手に騒いだから、総裁になるのは難しいかもしれないけれど。まあ、今回の記事は、ライバルの垂れ込みかもしれないですね」

「若旦那様は……」

「そっちはわかりませんけど、また離婚ってなると大変ですね。光ちゃまもおかわいそうだわ、ほんとうに」

きえさんはそう言うと廊下の拭き掃除に戻った。

わたしは窓のサッシを拭きながら、千代の方を盗み見た。細い肩が、いつもよりも頼りなく見えた。


新年はとうとう咲子抜きで迎えた。

徳田家のスキャンダルは年末年始の番組編成に救われ、テレビで流れることもほとんどなくなり、週刊誌や夕刊紙の記事も減り、ほとぼりが冷めていった。

こうしてうやむやになるということは、世の中はつまるところ、男に、そして権力者に甘いのだな、と感じる。

沙羅の保育園が再開し、続いて光の幼稚園も始まり、日常が戻ってきた。千代も外に出かけるようになり、徳田家の雰囲気も元に戻りつつあったが、唯一、咲子はまだ戻っていなかった。

その日は雪が二日間降り続いた後の晴天だった。

午前中に雪かきをしてから光を迎えに行き、午後はまとわりつく光の相手をしながら洗濯物を大量に取り込んでたたみ、一日中大忙しだった。アイロンがけを終えて気づくと、とっくに保育園の迎えの時間になっていた。

冬休みにずっと家にいたからか、それとも、家のなかの不穏な空気を敏感に感じて不安になったためか、光はまたわたしに甘え始め、家事をするわたしをわずらわせることが多かった。その日は特にしつこくそばを離れなかった。

大慌てで母屋を出たが、解けた雪が凍り始め、すべらないように気を付けながら道を歩いていたら、いつもより時間がかかり、迎えの時間につごう一時間も遅れてしまった。

案の定沙羅は機嫌が悪く、わたしを認めて悪態をつく。

「ママのばかっ、遅いっ」

ぶつかってきて、両手でぽかすかとやたらめったらわたしの身体を殴る。

「ごめん、ごめん、沙羅」

ぎゅっと抱きしめたら沙羅は殴るのを止めた。顔を寄せると、沙羅の頰は冷たかった。

先生によると、玄関でずっとわたしの迎えを待っていたそうだ。

「あの雪だるまは、沙羅ちゃんが作ったんですよ。ママに見せるって頑張ったんです」

園庭をさす先生の指先に視線をやると、スイカ二つほどの大きさの雪だるまがちょこんとあり、こちらを向いていた。おはじきで目を、葉っぱで鼻を、小枝で口をかたどっていた。

わたしは、沙羅と手をつなぎ、雪だるまに近づいた。

「かわいい雪だるま作ったね」

沙羅は、雪だるまの前に来ると、足で蹴り、踏みつぶしてしまった。

わたしは、胸が締め付けられるように苦しくなった。

お迎えが遅れたこともあるが、光が最近またわたしに甘えるようになったことが、きっと沙羅のストレスになっているに違いない。

ふたたび沙羅を抱きしめる。

「ママと一緒にまた雪だるま作ろうね」

沙羅は、黙ってただ抱きしめられていた。しばらくそうしてから、わたしは沙羅を抱き上げて、園庭を出た。

「福美さんっ」

声に振り向くと、懐かしい顔があった。

廣瀬さんだ。

わたしは驚きのあまり、その場に立ちすくんでしまった。廣瀬さんは、変わっていない。あたたかくて、優しい笑顔が目の前にある。

「沙羅ちゃんよね？　大きくなったのね。会いたかった！」

廣瀬さんは腕を広げて、沙羅とわたしを包みこむように抱きしめる。

涙腺が突然決壊し、滂沱の涙があふれ出てきた。それを見て沙羅がきょとんとした顔をしている。

「わたし、わたし……ずっと廣瀬さんに会いたかった。でも……会えなかった。申し訳なくて……それから……それから……」

しゃくりあげながら言うと、廣瀬さんは、いいの、いいの、とわたしの涙をタオルハンカチでぬぐってくれた。

「福美さんが被害者なのは、わかっているから」

「廣瀬さん……」

嗚咽でそれ以上話せなくなった。

廣瀬さんと最寄り駅まで話しながら歩き、ファミレスに入る。廣瀬さんは、徳田家周辺のいくつかの保育園や幼稚園のお迎え時間に待ち伏せして、ようやくわたしを見つけたということだった。

わたしは、これまでのいきさつを一気に語った。

おっぱいで光をひきつけ、奈江を追い詰めたこと、それで得意になっていたことも正直に話した。沙羅の情緒が安定せず問題行動が多いことや、両親のことも包み隠さず打ち明けた。

沙羅はホットケーキを食べた後、うとうとと寝入ってしまっている。

「大変だったのね、福美さん。もとはと言えば、私が経歴詐称までさせて徳田家に行かせたのがいけなかった。本当にごめんなさい」

廣瀬さんはうなだれる。

「あやまらないでください。廣瀬さんのせいじゃありません。きっと、わたしが奈江さんに意地悪をした罰が当たったんです。それに、自分がいつまでもずるずると徳田家にいるのがいけないんです。いくら脅されたり、えさをちらつかされたりしても、それに屈しちゃだめなのに」

「そうは言っても、相手は手ごわいじゃないの。私、今回、一連の報道や週刊誌で徳田家のことが出て、まさかまだ福美さんは徳田家にいないだろう、と思っていたけれど、テレビで徳田家の裏口から出てくる福美さんらしき人の姿を見つけて、いてもたってもいられなくなったの」

「捜してくれて嬉しいです。こうして会えたんですから」

「そうよね、あきらめなくてよかった」

「廣瀬さんは、どうされていたんですか」

「私はね、あれから、ネットワーク・ナニィを解散したの。徳田さんから脅しみたいなことを言われて、お母さんたちに迷惑をかけちゃいけないかなって思ったのね。それに、母乳についてもね、ちょっと考えを改めたの」

廣瀬さんはそこまで言うと目を伏せた。

「徳田さんとこのお嫁さんが追い出されたって、共通の知人から聞いて、びっくりしてね。もしかしたら、うちが派遣したおっぱいのせいだったかもしれないって、怖くなった。徳田さんみたいに、おっぱいを悪用する人もいるってわかったら、続けることがつらくなったし、母乳って、いいことばかりでもない、人を縛るものでもあるかもしれないって気づいたの」

「そうかもしれません。おっぱいによって身動きが取れなくなったり、誰かが不幸になる。恐ろしいことです」

わたしが言うと廣瀬さんはこちらを見て、深くうなずいた。

「そもそも、辛いお母さんたちを助けたいって思って始めたのに、追い詰めてしまうことになったら、元も子もない。母乳をあげてればいいって思って、離乳食がすすまないお母さんもけっこういてね。体重が増えなかったり、鉄欠乏性貧血症になったりして、悩むようになっちゃって。もちろん、母乳はすばらしいものだけど、なにがなんでも母乳っていう極端な考えは間違っていた。母乳がよく出るマッサージや食の指導も、科学的根拠があるわけではないのよね。そもそも授乳することが、母親の愛情のものさしでもないし、栄養だって母乳以外でも補える。それに気づいたら、きっぱりとネットワーク・ナニィをやめることができたの」

「じゃあ、いまはなにをされているんですか」

「私って、やっぱり赤ちゃんが好きなのね。それでいまは、シッターの派遣と、ベビールームをやっているの。もちろん、ちゃんと許可をとってね。場所も同じで名前もナニィ・ホームのままだけど。そうそう、ゆかりさんもいるのよ」

「ゆかりさんにも会いたいな。亮君、大きくなっているでしょうね」

「亮君は活発でね。幼稚園でサッカーや空手を習っている。ゆかりさんもぜんぜん変わらない。二人に会えるわよ、会いましょう」

「はい、遊びに行きます」

「そうじゃない、福美さん」

廣瀬さんが、真剣な面持ちになった。

「福美さんは、徳田家を出るの。私が手助けする。ナニィ・ホームに、沙羅ちゃんと戻っていらっしゃい。また一緒に暮らしましょう」

一度引いた涙がふたたびこみあげてくるのを、抑えることができない。

そうだ、母親に会えなくてもいいから、徳田家を出よう。わたしを捨てた母親よりも、沙羅の方が大切なのだから。光はかわいいけれど、沙羅を犠牲にするわけにはいかない。

わたしは、黙って涙を流しながら、首をたてに何度もぶんぶんと振っていた。

「じゃあ、いい？　よく聞いてね。私は、明日の朝、保育園の手前に車を停めて待っているから。福美さんは、疑われない程度の、必要最低限の荷物で保育園に送りに来て。

洋服とか、そういうのは諦めてね。また買えばいいし、ナニィ・ホームにはなんでもあるしね。くれぐれもいつもと変わらない態度でね」

わたしは、ごくんと唾を呑み込んだ。

「つまり、黙って逃げる、というか、消えるんですね」

「徳田さんは、一筋縄ではいかないから、その方がいいんじゃないかと思うの。まずは、そこから離れること。そしてホームに福美さんが来てから、私が徳田さんに電話をする、っていう手はずを考えている」

「うまくいくでしょうか」

「もし、出ていくことを疑われたり、最悪、ばれたりしたとしても、福美さんは囚われているわけでもないんだし、自由に出て行っていいんだから、そこは押し通してね。徳田さんが丸め込もうとしても、きっぱりと断って、堂々と出てくればいいから。なにかあったら、私の携帯に電話して。福美さんも携帯持っているわよね？　それなら、番号交換しましょう。念のため、メアドもね」

わたしはバッグから携帯電話を出して、番号とメールアドレスを廣瀬さんと交換し合った。

それから着信を確認すると、きえさんからの電話が何本も入っていて、「光ちゃまが福美さんを捜しています」というメッセージが録音されていた。

沙羅は寝ぼけて、足元がおぼつかなかったので、わたしは駅前からタクシーに乗り徳田家に帰った。車から降りて玄関に入るやいなや、きえさんが慌てふためいた様子でやってきた。

「光ちゃん、咳で苦しそうです」

「すぐに行きますので、この子を寝かせてください」

わたしはきえさんに沙羅を託した。沙羅は相当眠いのか、ぐずることすらせず、きえさんに手を引かれていった。

沙羅を見送り、急いで向かうと、光がベッドの上に座り、咳きこんでいた。

わたしはそばに寄って、背中をさする。涙目でわたしを見上げる光は、ぜえぜえとあえぎ、苦しそうだ。

すぐさま薬を吸入させるが、光は呼吸が辛そうで、咳はひどくなるばかりだ。咳きこんで、嘔吐までしている。

かかりつけの小児科医に電話をかけて症状を説明すると、喘息の発作かもしれないので、すぐに大きな病院の救急外来に行くように指示された。

「光ちゃま、病院に行きましょう」

そう言うと光は、咳きこみながら、わたしに抱きついてきた。

「ナニィも？」

顔をうずめ、胸をまさぐってくる。おっぱいを求められるのは久しぶりで、光はよほど辛いのだろうと切なくなる。

「もちろん一緒に行きますからね」

わたしは光をぎゅっと抱きしめた。

光を自分の子どものようにいつくしんできた。そして光もわたしを母親のように慕っている。弱くてはかない光は、わたしがいなくては、生きていけないのではないか。心配でどうにかなりそうだ。

光がふたたび咳きこむ。

すぐさま山口さんに電話をかけたがつながらない。夕方に千代と出かけていったから、運転中かなにかなのだろう。山口さんがすぐに戻るかわからないので、タクシー会社に電話をして配車を頼んだ。あいにく二日間積もった雪のため道路事情が悪く、なかなか無線で空車がつかまらなかった。だが、しばらく待つとどうにか配車してもらえた。

そのとき、きえさんが、「沙羅ちゃんは寝ました」と部屋に来たので、救急外来に行くことを伝えた。そして、千代や秀人にも連絡してもらうように頼んだ。きえさんはただならぬ事態に、いつもよりもますます表情が硬くなっていた。

タクシーが到着したので、光をおぶって部屋を出る。沙羅の様子が気になったが、顔を見に寄る余裕はなく、きえさんにあとを頼んで、光を連れてタクシーに乗った。

車中でも光の咳は激しかった。「お子さん大丈夫ですか」と、若い男性の運転手はかなり心配して、道路凍結で走りにくいなか、できるだけスピードをあげてくれた。

二十分ほどで総合病院に到着し、救急外来に駆け込む。インフルエンザがはやっているらしく、えらく混んでいたが、光は症状が重いので優先して診てもらえた。診察の結果、やはり、喘息の発作を起こしていた。当直の先生はまだ学生と言っても通るほど若い男性で、それほど経験を積んでいるようには思えず、一抹の不安を感じた。

点滴の処置をうけた光は、救急外来のベッドの頭の部分を起こして座っている。目の下にクマができて顔色も悪い。咳はまだひどく、息をするのが苦しそうだ。

「あの……点滴でよくなりますか？　なんか咳が治まっていないような気がするんですが」

診察してくれた先生が様子を見に来たので尋ねた。

「吸入だけで良くなることもありますが、今回の発作は強いですね。こんな風になるのは初めてですか？　お母さん」

「あ、わたしは……」

母親ではない、と言おうとしたが、説明がややこしいので、やめておく。

「かなりぜえぜえいってるので、入院した方がよさそうです。熱もありますし」

「え？　入院ですか？」

「今、看護師が入院手続きについて説明します」

そう言うと先生は、ベッドから離れていった。

光は、ストレッチャーで小児科病棟に移され、個室に入った。もうろうとしていながらも咳は続き、見ていられないほど苦しんでいる。

こんなにかわいそうな光を置いて、徳田家を出ていくことができるだろうか。

いや、でも、心を鬼にしなければいけない。

もうすぐ千代か秀人が付き添いに来るはずだから、せめてそれまでは精いっぱい光の世話をしてあげよう。

ベッドの傍らで光の背中をさすったり、ストローで水を口にふくませたりしていると、千代と秀人が病室に入ってきた。秀人の手には、旅行用のバッグがあった。おそらくきえさんに頼んだ、光の着替えや洗面道具だろう。

「まあ、光ちゃん」

千代が悲愴な顔つきでベッドに近づく。秀人も不安げな表情を浮かべて続き、わたしにバッグを手渡した。わたしはそれを受け取ると、二人に場所を譲り、ベッドからちょっと距離を置く。

「かわいそうに」

千代が、光の頭をなでている。秀人は光の腕をさすっている。光は、二人にされるがままの状態だったが、突然激しく咳きこんだ。二人が驚いて、とっさに光から離れたので、わたしはバッグをその辺に置いて光に近づき、背中をさすった。

「光ちゃんの身体が弱いのは、奈江さんが小さく産んだからよね。まったく、あの人、憎んでも憎みきれない。そうよね、秀ちゃん？」

千代が振り返ると、秀人は黙ってうなずいた。千代は次にわたしの方を見て、近づいてくる。

「ほんとうにありがとうね。あなたがいてくれないと、光ちゃんは困ってしまう」

しみじみとした声で言い、わたしの手を両手で握った。

「ほら、秀ちゃんからも……」

千代が促すと、秀人はわたしに頭を下げた。

「光があなたになついてくれて助かっています。感謝しています」

「いえ、あの、そんな……」

予想外に、秀人から礼を言われてうろたえる。

「福美さん、これからも、ずっと光ちゃんをお願いね」

千代に手を握られたままじっと見つめられ、わたしは返答に窮し、うつむいた。明日の朝、徳田家を出ていこうと思っているのに。

「実はね、福美さん」

そう言うと、千代は、わたしの手を握りなおした。わたしは顔をあげて、千代を見る。

「やっと咲子さんが戻ってくれることになってね」

千代は今日、秀人と咲子の実家に行っていたそうだ。

「そうですか。それは、よかったです」

光は咲子になついていけばいい。そのためにも、わたしがいない方がいいのだ。

「さっそく明日、帰って来ることになっているから、私と秀人がそろって迎えてあげないといけないんです。だから、光ちゃんの付き添い、あなたにお願いしたいのね」

「え、でも、付き添いは肉親じゃないと……」

「言わなければわからないんだから、大丈夫よ」

「だけど……」

「沙羅ちゃんは、きえさんが見てくれているし、問題ないでしょ。とにかく、光ちゃんをよろしくね」

わたしは、はい、と答えるしかない。

「わたくしたちは、明日の準備があるから、これで、ね。あなたがいてくれるから、安心よ」

千代は、秀人とともに部屋を出て行った。

なんてあっさりとしているのだろう。冷たすぎないか？

もう少しの間、病室にいてあげてもいいのに。

結局はふたりとも、光よりも咲子を、新しく生まれてくる子どもを優先している。

わたしはいらだちを抑えられなかった。そんなに光を粗末に扱うなら、奈江に親権を渡してあげればよかったのに。

ただ、奈江にダメージを与えたくて光を利用したようにすら思えてくる。

ベッドの傍らで椅子に座り、わたしは光を見守った。もうろうとしては咳で目が覚める光が不憫でいたたまれない。

「ナニィも帰っちゃうの？」

泣きそうな顔で光に言われ、「ずっといるからね」と答えたが、気持ちが乱れて仕方ない。

わたしは光がうとうとしたのをたしかめると、携帯電話から廣瀬さんにメールを送った。

「すみません。明日の計画は延期してください」と始まる文面で、光の入院した事情を書いた。するとすぐに返信が来た。

「了解です。それは大変ね。タイミングが悪かった。では、日を改めましょう」

そうだ、光が治って、徳田家に帰り、咲子との暮らしが始まったら、様子を見てまた考えよう。

しかし、付き添って看病していると、気持ちはくじけた。

聴診器を当てられた光の胸は薄く、あばら骨が見えている。偏食も激しく、からだが弱い光を見捨てて出て行っていいのだろうか。

光は、咳が続き、苦しくもがいたあと、ナニィ、と甘えてくる。

こんないたいけな光の手を振りほどくことなど、わたしにはできそうにない。


三日間の入院を経て、光は帰宅の許可が出た。光につきっきりだったわたしも徳田家に戻るのは三日ぶりだった。

沙羅の様子はきえさんから電話で聞いており、「大丈夫です」と言われてはいたが、これだけの間ほったらかしていたことはやはり心配だった。癇癪を起こしたり、荒れたりしたのではないかと気が気でない。

迎えに来た山口さんの車で徳田家に帰ると、平日の午前中のためか、康男はもちろん、千代も秀人も不在だった。

まだ全快しておらず、わたしが頻繁に吸入の世話やらなんやらをしなければならないので、光は当面これまで同様わたしのいる母屋に落ち着くと思った。けれども、山口さんから、はなれに光を連れて行くように言われた。

はなれに行くと、すっかりお腹の大きくなった咲子が玄関に出迎えた。咲子は光の顔を見て、「光ちゃん、治ってよかった」とあまり心がこもっていないようなさらっとした感じで言い、すぐに踵を返し玄関からいなくなった。光は、咲子の背中を警戒するように見ていた。

以前光が使っていた子ども部屋に入る。これまでと部屋が変わって不安そうな光は、ベッドに横になりわたしの手を強く握っていたが、しばらくして眠りに落ちていった。光の手をそっとほどき、部屋を出る。三日間シャワーも浴びていないので、この隙に風呂に入りたかったのだ。

母屋に行こうとはなれの玄関を出ると、きえさんと鉢合わせた。

きえさんは、言いにくそうに、実は、と打ち明ける。

「沙羅ちゃん、風邪をひいていて、保育園を休んでいるんです。それで、奥様が光ちゃまを沙羅ちゃんと離すようにって」

「いつからですか？　風邪って……ひどいんですか？」

「光ちゃまの発作が起きた日の夜、熱が出て……」

わたしははっとした。そういえばあの日、沙羅はいつもと様子が違ってさっさと寝た。廣瀬さんと会っていたときも眠そうにしていたが、もしかしたらあのときすでに熱の前兆で辛かったのかもしれない。保育園の先生によると、あの日沙羅は雪だるまを作るのに外に長くいたし、寒い玄関でずっとわたしを待っていたのだから、風邪をひいてもおかしくはない。

娘の体調に気づかなかった自分が悔やまれる。

「熱って、どのくらいですか？」

「熱は、三十八度五分くらいまであがったんですけれど、いまはすこし下がっています」

「三十八度五分？　どうして知らせてくれなかったんですか？」

「奥様から口止めされて。余計な心配をかけるだろうからって」

「余計、って。そんな……ひどい」

「ごめんなさい」

きえさんは、珍しく済まなそうな顔をしている。

「病院には連れて行ってくれたんですか？」

口調がきつくなってしまう。

「いえ、その、光ちゃまの風邪薬があったので、それを飲ませました」

あまりにも沙羅をぞんざいに扱っている。

怒りのあまりからだが震えてきたが、唇を嚙み、こぶしを握りしめてこらえた。

「いまから病院に行きます。沙羅になにかあったらどうしてくれるんですか」

それでも怒鳴るような物言いになる。

うなだれるきえさんを残し、沙羅のもとに駆けて行く。救急外来にインフルエンザの患者が多かったので、不安でたまらなかった。

三日間も置いていったのだから、元気なときの沙羅なら癇癪を起こしてひっくり返るぐらいはするのに、沙羅はぐったりとしていて、わたしの顔を見ても、ママ、とひとこと言っただけだった。

よほど辛いのかと思うと、わたしの心はきりきりと痛んだ。

沙羅を、光のかかりつけでもある小児科に連れて行った。きえさんが頼んでくれて、山口さんが車に乗せてくれた。チャイルドシートにうるさい山口さんも、今日ばかりは強制しなかったので、わたしは沙羅を後部座席に横たわらせた。

小児科では、案の定、インフルエンザの診断がついた。幸いそれほど重くはないが、まだ熱もあって、しばらく安静が必要だということだ。薬をもらって車に乗ると、山口さんは出発せずに振り向いて、どうでしたか、と訊いてきた。

山口さんがわたしに話しかけてくることはめったにないので、びっくりしてすぐに答えないでいると、「やっぱり、風邪でしたか？」とさらに質問してきた。

「いいえ、インフルエンザでした」

「そりゃあ大変だ」

「もしかして、うつるのを気にしているんですか？　車に乗っちゃまずかったですか？」

わたしはちょっと感情的になって答えた。

「いいえ、そうじゃありません。それに、私は毎年予防接種をうけていますから。車に乗せたことも奥様には黙っていますので、気にしないでください」

「予防接種。そうだった。沙羅にも予防接種を受けさせればよかった……うっかりしていた」

風邪もめったにひかず、丈夫だからと沙羅のことは後回しにしていたら、いつの間にか接種のタイミングを失っていたのだった。それでもさして気にしていなかった。

「光坊ちゃんは受けていたはずですよね？」

「光ちゃまは体が弱いので、ワクチンが出たらすぐに……」

膝の上に頭をもたげている沙羅の額にかかった髪をすきながら答える。まだ熱っぽい沙羅に触れて、つくづく、わたしは母親として失格だと思う。

「余計なことを言いますが」

山口さんと目が合う。ふだんと違って、柔らかいまなざしだった。

「あなたが来て、前の若奥様を追い詰めることになったので、私は、正直、あなたをよく思っていなかったんです。だけど、こんどはあなたとお嬢さんが犠牲になっているんじゃないでしょうかね。悪いことは言わない、お嬢さんのために、あの家から出た方がいいです。私は、長くいるもんですから、いろいろと知っていますが、徳田家のおかげで痛い目にあったのは、ひとりやふたりじゃありませんよ」

「でも、わたしがいなくなると、光ちゃまが……気の毒で」

この期に及んでも、やはり光のことが気にかかる。

山口さんは、ため息をついてから、たしかにそうですね、と言った。

「でしたら、せめて住み込みはやめて、お嬢さんだけでもあの家から出した方がいいですよ。私も途中から通いにしましたから」

「山口さんも住み込みだったんですか？」

「はい、妻と一緒に。妻は、いまのきえさんと同じように家政婦みたいなことをしていました。夫婦で給料もらえて助かりましたよ」

「奥様も？」山口さんはうなずいて続ける。

「夫婦で働いて数年過ぎたころ、息子が生まれました。そして、坊ちゃんもその半年後に生まれましたが、奥様は坊ちゃんを産んだ後、体調を崩して寝込んでしまったんです。

相当の難産だったから、産後の肥立ちが悪かったんでしょうね。それでうちの妻が坊ちゃんの面倒を見たんです。息子がまだ授乳期だったもんですから、妻は坊ちゃんにおっぱいもやりましてね」

「おっぱい……」

わたしがつぶやくと、山口さんは、そうなんですと言った。

「坊ちゃんはすっかり妻になついてしまって」

「わたしの状況と同じですね」

「はい」

そう言うとしばらく山口さんは記憶をたぐり寄せるように前方を遠く見た。

「奥様、それは、それは、激怒しましてね。あれはすごかったですよ。妻をなじってね。手も出ましたから。妻は親切のつもりだっただけなのに」

山口さんはふたたびこちらを向き、ひとつため息をついた。

「そのことがあったから、おっぱいの威力を奥様はよく知っているんですね。それで、若奥様をあんな風に追い込んだんです。経験を逆に生かしたんですよ。奥様自身も、体調が戻ったら、坊ちゃんに必死におっぱいをあげていました。悲愴な感じでした。たしか、三歳いや、四歳になるちょっと前まで坊ちゃんにおっぱいをくわえさせてたんじゃないかな」

わたしは、千代が奈江に見せていたすさまじい形相を思い出した。

「そんなことがあったんですね。それで、山口さんは通いに？」

「はい、私たちは住み込みをやめて、私だけが通いで運転手を続けました。妻がやめたあとにきえさんが来たんですよ。本当は私もやめたかったんですが、事情がありまして。いや、私、勤めていた会社の金を使い込んでしまって、それを返さなきゃいけなくてですね。徳田先生に借金を肩代わりしてもらっていたし、雇ってくれるところもなくて、運転手を辞めるわけにもいかなくて。それで、いまにいたります。もうかれこれ四十年です。手当はじゅうぶんでしたから、おかげで借金も返せましたし、小さな家も買えましたけどね」

借金の肩代わり。

どこかで聞いたことのある話だった。徳田家の手口は変わっていない。

「とはいえ、住み込みをやめることになってほんとうによかったですよ。あのまま家族で徳田家にいたら、息子にもよくなかったし、妻もいびられていたでしょうね。なんたって、徳田家のもの以外は、ここでは人間扱いされませんからね」

無口な山口さんがこんなにしゃべるなんて、よほどのことなのだろう。

「だから、あなたも早くこの家から出た方がいいですよ。個人的な話を長々とすみませんね。でも、お話ししておいた方がいいかと思って」

「話してくださって、ありがとうございます。そう……ですよね。徳田家から出た方がいいですよね。考えてみます」

「そうしてください。ですが……とにかく、今日は、戻りましょう。さあ」

山口さんは車のエンジンをかけた。

徳田家の車寄せに停まると、千代が険しい顔で立っていた。わたしは山口さんに「沙羅をお願いします」と言うと、眠っている沙羅を後部座席に残し、ひとり先に車を降りた。

「光ちゃんを置いていったのね」

千代は、腕を組んだ。

「すみません。沙羅の具合が悪かったので」

もう、こういうやりとりも、いい加減うんざりだ。

「風邪をひかせるなんて、母親の不注意よ。それに、保育園みたいなところだと、感染もしやすいのよ。まったく、ああいうところは、母親の意識が低いんだから……働きたくて、風邪でも預けちゃって、ほかの子にうつすのよ」

幼稚園でだって風邪は感染するだろうと思ったが、反論しないでおいた。

「それで、具合はどうだったの？　悪いの？」

心配というよりは、確認、という感じで訊いてくる。

「風邪ではありませんでした。インフルエンザでした」

そう言うと、千代は、なんですって、と頬の筋肉をぴくぴくとひきつらせた。

「インフルエンザですって？　なんてこと！」

ヒステリックにがなり続ける。

「それで、山口さんに送らせるなんて、どういうつもりなの。車が使えなくなるじゃないの」

まるで沙羅がばい菌かなにかのような物言いだ。頭に来るが、感染を恐れる気持ちもわからなくはないので、とりあえず謝ることにした。

「すみませんでした」

「すみません、ってあなた、それですまされたら困るのよ。インフルエンザでしょう？」

「感染の心配がなくなるまで、部屋から出さないようにしますので」

「困りますよ、福美さん。家に入らないでちょうだい。沙羅ちゃんもあなたも」

「え？」

「このまま、どこかに行ってちょうだい。うちには光ちゃんだけでなく、妊婦の咲子さんもいるんですからねっ」

「どこかって言っても」

「ホテルでもどこでもいいわ。お金は出すから。完全に治って、あなたも発症しなかったら、戻ってきて。ああ、どうせ感染しているかもしれないから、山口さんのところに泊めてもらったらいいかもしれない。わたくしが言えば、大丈夫だから。山口さんもそのあいだ休んでもらうから。そうだ、きえさんにも休んでもらわなきゃ。あなたたちに接しているものね」

わたしは、呆れて言葉を失ってしまった。

「わかりました。ホテルに泊まります」

そう言ってふたたび車に乗った。山口さんは、車の窓越しに会話が聞こえていたようで、黙って車を発進させた。

わたしと沙羅は、徳田家がよく使うという都心のホテルに行った。山口さんは、途中でゼリーやアイスクリーム、イオン飲料、熱さましの冷却湿布などをたくさん買ってくれて、ホテルのフロントでは、チェックインの手続きもしてくれた。

「なにかあったら電話してくださいね。着替えや細かい生活用品なんかは、きえさんに用意してもらい、あとで私がフロントに届けます。それと、代金も奥様から預かってとりあえず一週間分前払いするようなかたちにしておきます。なに、心配いりませんよ」

山口さんは、わたしにカードキーを渡しながら言った。

「いろいろと、ありがとうございました」

「ちょうどいいから、お嬢さんは、このまま徳田家に戻さないようにしなさいな。なんなら、家が見つかるまで、私のうちで預かってもいい。妻が面倒を見るから。なに、孫の世話をいつもしているから、慣れたもんですよ」

「山口さん、優しいんですね。わたし、誤解していました。ごめんなさい」

「いいんですよ、私もあなたに冷たく当たりましたからね。許してください」

「人に冷たくされるのには、慣れているので、気になさらないでください」

「そうはいったってね。それにしても、病気の子を追い出すなんて、あんまりです。いくら光坊ちゃんや若奥様が心配だからってねえ」

涙がこみあげてきたので、慌てて掌で目をこすると、山口さんを驚かせてしまった。

「泣かしてしまってすみません。とにかく、早く治してあげてください。それと、あなたも気を付けて。しっかりしてください」

「こちらこそ迷惑かけてすみません。山口さんもお休みするんですか？　予防接種をうけているのに」

「なに、どうせ車を使えないでしょう。ちょうど休暇も欲しかったから、家でゆっくり休みますよ。心配いりません」

山口さんは沙羅に手を振って帰っていった。沙羅も弱々しく応えていた。

エレベーターで上層階に行く。入ったツインの部屋は広々としていた。しつらえも豪華で、窓から首都の夜景がきれいに見えた。

こんな状況で泊まるのでなければ高層ビルの灯やライトアップしたテレビ塔が楽しめるのに、いまはそのきらめく景色すら虚《むな》しく見える。

わたしはカーテンを閉めて、外が見えないようにした。

沙羅はさっきわたしが貼った冷却湿布をおでこにつけて、ベッドに半身を起こし、とろんとした目でテレビをザッピングしていたが、アニメチャンネルで止めた。

「ベッド、大きいねー。テレビ、いっぱいやってるねー」

わたしは、そうだね、と答えてから、山口さんのくれたレジ袋の中身を冷蔵庫にしまい始めた。

「ママー、なんか食べたい」

「アイス？　ゼリー？」

「アイスっ」

沙羅は、いくつかのなかから、ストロベリー味を選んだ。ふたを開け、スプーンですくって口元に持っていくと、嬉しそうに口を開けて、アイスクリームを食べた。

「美味しい？」

沙羅は、うなずいた。

「ママー。ここ、いいところだねー」

熱で紅潮した顔で言った。

「そうだね」

「ずっといたいね、ママとふたりで」

わたしは、胸がいっぱいになった。

「うん、そうだね」

横に座って、アイスクリームをすくって沙羅にやる。半分ほどで沙羅は、もういい、と言って、わたしにしなだれかかった。

わたしは沙羅の小さな肩をとんとんと叩きながら、やはり徳田家から出ていかなければならない、と思っていた。

二日ほどすると、沙羅の熱は下がり始めたが、こんどはわたしが倒れてしまった。骨が痛くなり、熱も高くなってくる。

沙羅は回復とともに、退屈になり始めたらしく、部屋のなかを動き回っている。テレビばかりも飽きてしまったらしい。食欲も出てきたので、ルームサービスをとったが、わたしはまったく食べられなかった。口にできるのは、水分とせいぜいゼリーくらいだった。

いよいよ起き上がれないほどになったので、わたしは山口さんに助けを求めようと、携帯電話を手にした。すると、メールを受信していることに気づいた。昨日の日付で、廣瀬さんからだった。

「あれからどうしていますか。光君の具合はよくなりましたか？」

わたしは、メールを読んですぐに、廣瀬さんに電話をかけた。

わたしと沙羅は約三年ぶりにナニィ・ホームに戻った。

ナニィ・ホームは、インフルエンザの流行を考慮して臨時休業中で、子どもを預かっておらず、そこには廣瀬さんとゆかりさんと亮君がいるだけだった。二人とも予防接種をしたから大丈夫と、わたしと沙羅を快く受け入れてくれた。

亮君は予防接種をしたにもかかわらず、二週間前にすでにインフルエンザにかかったということだった。いまは、幼稚園が学級閉鎖中らしく、ベビールームのテレビで、電車のビデオを見ていた。沙羅も興味を示して、隣に座って見始めた。

「わたしが沙羅ちゃんを見ているから、安心して二階で寝てね」

ゆかりさんは明るい声で言ってくれた。その笑顔は、三年前と寸分も違わなかった。

「亮君みたいに、廣瀬さんもゆかりさんも、注射打っていてもかかっちゃうかもしれないのに、わたしたちを受け入れてくれて……」

わたしは、廣瀬さんの敷いてくれた布団に横たわる。

「そのときはそのとき。お互いに看病すればいいだけだから」

廣瀬さんは、わたしの頭の下に氷枕をはさんでくれる。

「気持ちいい」

氷枕以上に、その厚意に感激した。

「相当熱が高いみたい。体温計持ってこなくちゃ。あと加湿器と、飲み物もね」

廣瀬さんが部屋からいなくなったので、わたしは枕元にあった携帯電話を手繰り寄せ、千代の番号を押した。

絶対に丸め込まれないぞ、と呼び出し音のあいだじゅう自分に言い聞かせていた。頭が重く、呼び出し音がやけに響いてつらい。心臓もどきどきしてきた。

かなり長い間があって、千代が、はい、と電話に出た。

「福美さん？　どう？　沙羅ちゃんは治った？」

「はい、治りました」

「よかったわー。それじゃあ、あと一週間ぐらいで戻れそうね」

わたしは、すぐには答えなかった。すると千代は、ところで、と話し続ける。

「あなたは大丈夫なのよね？　それでも念のため、やっぱりあと二週間ぐらい？」

「わたし、もう戻りません」

きっぱりと言ったつもりだが、発熱のためか、声に力は入らなかった。

「何を言っているの。また、そんなことを」

「もう決めましたから」

「あなた、光ちゃんに悪いと思わないの？　あの子、毎晩、ナニィはどこ、って泣くのよ」

光の顔を思い出すと、言葉につまった。

「いま、家なの。すぐ光ちゃんにかわるから、ちょっと待っていてちょうだい」

「いえ、かわらないでください。わたしの決心はかたいんです」

「なに、その裏切り。あなた、お母様やお父様のことは……」

「どんなことを言われても変わりませんので」

「そう。じゃあ、今月のお給料、さしあげられないわね。ホテル代だって返してもらわなきゃ」

「それで結構です。ホテル代はあとから現金書留で送ります」

「それだけじゃないでしょ。お父様にさしあげたお金もあるんですけどね」

それは、貸したのではなく、あげたお金ではないのか。本当にいやらしい。どこまで人の足下を見るのだろうか。

だが、もうその手には乗らない。

「父とは関係ありません。とっくに縁が切れています。それに、以前立て替えていただいた借金は、もう返し終わっていますから」

「この、恩知らずっ」

その言葉を最後に、電話が切れた。千代の低くどすの利いた声が耳朶《じだ》に残り、頭ががんがんする。

わたしは、もうろうとした頭で、携帯電話のアドレス帳から、徳田家に関係するすべての番号を着信拒否し、削除した。

それから、布団を頭までかけて、目をつむった。


三か月が過ぎ、桜のつぼみがほころび始めた。

わたしと沙羅はナニィ・ホームでの生活になじんでおり、まるでずっとここにいたかのようだった。

ナニィ・ホームで営むゆかりさんや廣瀬さんとの暮らしは豊かだった。笑い声に満ち、選ばれた食材で作るバランスのとれた食事は美味しい。なによりにぎやかに囲む食卓は心あたたまる。

亮君と同じ幼稚園に通い始めた沙羅もすこしずつ情緒が安定してきている。きーっと叫ぶようなことも減ってきた。亮君のことが大好きなようで、亮君と手をつないで朝の迎えのバスに乗り込んでいく。その幼稚園は延長保育で体操や英語、バレエ、サッカーなどを教えていた。沙羅は亮君のいるサッカーや体操のクラスに参加し、楽しんでいる。

わたしはナニィ・ホームの電話応対、スケジュール管理などの事務仕事を手伝った。ナニィ・ホームでは五人のシッターがベビールームを担当し、二十人近くが各家庭に派遣されていた。ゆかりさんは、事務の仕事以外に助産師としてときどき母親学級の講師もしていて、廣瀬さんは雑誌やインターネットの記事を書いたり、講演会で話したりしている。

桜が満開を迎えた日だった。そろそろ沙羅の幼稚園バスがお迎え場所に来るので、応対を学生アルバイトの女の子に交代してもらおうとしたときに、電話がかかってきた。この電話で今日は終わりにするつもりで受話器をとって、ナニィ・ホームです、と通常通りに応える。

「福美さんよね？　わたくしです。わかるかしら？」

聞き覚えのある低い声だ。千代に間違いない。

「奥様……」

「福美さん、光ちゃんね。弟の優《まさる》ちゃんが生まれて、赤ちゃん返りが大変なの。寂しいんだと思うわ。もちろんね、わたくしたちは、光ちゃんを、とても大事にしているのよ。でもね、どうしても咲子さんや秀人は優ちゃんに目がいっちゃうでしょ……」

「あの、ご用件はなんでしょうか」

わたしは努めて淡々とした調子で訊いた。だが、受話器を握る手には力が入ってしまっていた。

「あなたに、光ちゃんのシッターとして来てほしいの。数時間でいいの」

「それはできかねます」

即答する。

「毎日でなくてもかまわないのよ。ちゃんと、ナニィ・ホームからの派遣ってことで」

「わたし、シッターではないのでできません。こちらでは事務をしておりますから」

「そんなこと言わないでちょうだい。人助けだと思って」

「ナニィ・ホームのシッターは、基準が厳しいので、わたしは行けないんです。決まりなんです。すみません」

「基準とか決まりっていうけど、来てほしいって言ってるこっちがかまわないんだから、いいんじゃゃなくて?」

千代は、相も変わらず、自分勝手で辟易する。

「申し訳ありません、電話を切りますね」

受話器を耳から離そうとしたとき、「もしもし」と光の声が聞こえた。

「ナニィなの?」

わたしは思わず受話器を耳に強くあてた。

「ナニィでしょ？　ぼくだよ」

懐かしさのあまり、光ちゃま、と答えてしまっていた。この三か月、忘れようと思っても、光のことを思い出さない日はなかった。

「どうして帰って来ないの？」

「光ちゃま、ナニィはね、ナニィはね」

声が震えてしまう。

「ナニィ、早く来てよー」

わたしは、深呼吸をしてから、ごめんね、と続ける。

「ナニィは、行けないの」

「なんで。なんでっ！」

それからは、わぁーっと泣き声になり、咳きこんでしまっている。わたしは困惑して立ち上がった。

「泣かないで！」

半ば叫んでいた。

アルバイトの女の子が怪訝そうな顔でこちらを見ていた。

チャイムが鳴り、液晶画面を覗くと、光がほほえんでいる顔がアップで映る。わたしは、光ちゃま！　と応えて、玄関に行った。

ドアを開けると、紺色のスーツ姿の光が、赤い薔薇の花束を差し出した。

「なんでわたしに？　お誕生日なのは、光ちゃまなのに。それに、まさか光ちゃまが来ると思わなかったから、わたしはプレゼントを用意してない……」

「いいから、ナニィ、受け取って。僕がここまで育ったのは、ナニィのおかげだからさぁ」

わたしは、花束を受け取った。感激のあまり、涙目になる。

「ナニィ、涙もろくなったんじゃない？　泣き虫なのは、僕だったのにね」

「だって、歳だもの」

そう言うと、光は、「上がるね」と狭い玄関のたたきで革靴を脱いだ。そして勝手知ったる場所、といった風情でリビングのソファにどしっと座って、背中をあずけた。手足が長くすらっとした光は、伸びをする。背もわたしより頭一つ大きい。

光は、母性本能をくすぐる、という表現がよく当てはまる。聡明そうだがどこか憂いを抱えたようなまなざしと、色白で整った顔立ちはなにか人を落ち着かなくさせる魅力がある。秀人に似てはいるが受ける印象がまったく違う。

「はー、疲れたよ。さっきまで、徳田の家の奴らと食事してたんだ。ここはやっぱり落ち着くなあ」

両手を広げてふたたび大きく伸びをする。

「奴らって、光ちゃま……」

「いいんだって」

「みなさん、お元気？　ずいぶんお会いしていないけど」

わたしは、薔薇を生ける花瓶を棚から出しながら訊いた。

「そうだね。懲りないっていうかさ。じーちゃんは偉そうだし、ばーちゃんは、くどいし、おやじは軽いって感じかな。おやじ、あんなんで議員になれんのかな」

徳田康男は昨年、特定の企業へ利益供与をはかったことや、賄賂を受け取ったことを疑われ、それを機に議員を引退したのだった。疑惑は真相がうやむやにされ、康男の地盤を引き継いで秀人が選挙に出るつもりだという。

「優くんは？」

「あいつとおやじの奥さんは来なかった」

「そう」

わたしはそれ以上尋ねなかった。花瓶に薔薇を生けて、ソファの前のコーヒーテーブルに置き、光の隣に座る。

「ほんとに綺麗。ありがとう、光ちゃま。これ、二十本なのね。光ちゃまと出会ってからも二十年ね。光ちゃまも沙羅も二十歳か……」

結局、わたしは、光が中学に上がるまで、徳田家にシッターとして通っていた。それから七年が経っている。光はわたしがやめてからは、学校帰りにナニィ・ホームにほぼ毎日のように寄り、宿題をやったり、学校の出来事を話して帰った。

わたしは、いまにいたるまで、ナニィ・ホームを手伝っている。ナニィ・ホームは事業の規模が大きくなり、廣瀬さんの自宅を建て直すことになった。そのため、ゆかりさん親子とわたしと沙羅はナニィ・ホームを出たのだった。それからは、光はわたしの自宅に遊びに来るようになった。

「そういえば、沙羅ちゃんは？　今日は祝日だから大学休みでしょ。バイトかなにか？」

「デート。朝からメイクに時間かけて出て行った」

沙羅は初恋を実らせて、亮君と付き合っている。ナニィ・ホームを出て離れ離れになったことで、ふたりの恋心に火がついたようだった。亮君は大学のサッカー部に所属していて、沙羅は短大の保育科で実習が忙しく、なかなか会えないようだ。今日は久しぶりのデートらしく、沙羅がはしゃいでいた。

「へえ、いいねえ」

「光ちゃま、彼女いないの？」

「いないよ」

「大学にいい子いないの？」

「うーん。僕、あんまり恋愛に興味ないんだよね。周りのみんなは、独身課税法と出産促進法ができてから、彼女を見つけるのに必死だけど。まったく、じーちゃんたち、ひどい法律作ったよな。そんなんで少子化が収まると思ってんのかな」

「そうよね。わたしなんて、すでにおばさんでよかったと思う」

独身課税法は、出生率が〇・八まで落ちた二年前にできた法律で、三十歳までに結婚しないと男女ともに税金が上乗せされるというものだ。そして、出産促進法は、四十歳までに子どもを産まない夫婦はともに年金額が減らされるというものだった。どちらも、野党が大反対したが、与党が強行採決した。

「僕さ、ほんと、嫌になるよ。この国は窮屈すぎるし、そうしてきたのは、じーちゃんの政党だもんなぁ」

「でも、次の選挙ではどうなるかわからないでしょ」

「うん……」

光は、考え込むようなそぶりになる。

「光ちゃまの好きなアイスココア作ってあげようか？」

わたしは雰囲気を変えようと、ソファから立ち上がる。

「ナニィ、それより、訊きたいことがあるんだけど」

「わたしでわかることなら」

あのさ、のあと、光は、言いよどんでいる。

「ココア飲んでからにしたら」

わたしはキッチンに行って、小鍋で牛乳をあたためた。

間近に声がして気づくと、光がキッチンに立っていた。

「僕のお母さんが」

「うん」

わたしは唾を呑み込んだ。

「このあいだ、うちの大学に、シンポジウムで来たんだ」

奈江は、有名人になっていた。人権団体に属していて、女性問題の論客でもある。わたしは、彼女のインタビューをネット記事で読んだことがあった。週刊誌でも、徳田家の嫁だったとつい最近騒がれたばかりだ。

光が奈江の存在を気にするようになるのは仕方のないことなのかもしれないが、わたしの心はざわついた。奈江を追い詰めた原因のひとつに、わたしの存在があったことは否めない。いや、わたしのおっぱいのせい、と言うべきかもしれない。いずれにせよ、わたしにも責任があった。そしてそのことを光は知らない。もし知ったら、わたしのことを軽蔑するかもしれない。

コンロの火を止め、ココアの粉を缶からスプーンですくったが、手が震えてくるのが抑えられなかった。

わたしの動作をじっと見ていた光は、意を決したように、それで、と言った。

「ナニィとお母さん、修学館の同級生でしょ。おやじとも」

「そうね」

答えて、スプーンでココアをかきまぜる。鍋の底にスプーンが当たる音が耳障りだ。

「ナニィ、お母さんと連絡取ってくれない？　僕、会いたいんだけど」

「会ってどうするの？」

「ただ、会ってみたいっていうか。二十歳の記念？　けじめ？」

「でも、それは……」

「わかってるよ。お母さんと僕を会わせないようにしたのは、徳田家の人間だよね。だから、奴らには秘密で。きっと、お母さんも、僕を見たいんじゃないかな。会いたいんじゃないかな」

わたしは、自分が母親に会いたくてたまらなかったことを思い出した。けっきょく今の今まで会うことはかなっていないが、光の気持ちは痛いほどよくわかる。ましてや光は、咲子と折り合いが悪かった。二人の間には、冷たいものがつねに流れていた。そしてあとから生まれた優は、徳田家において光よりも露骨にひいきされているのがわたしの目から見ても明らかだった。だからわたしは光のよりどころになるように努めてきた。そんな光が、実の母親を恋しく思うのは、当然のことだ。そして、奈江だって、光の成人した姿を見る権利がある。

「そうね、奈江さんも、光ちゃまに会いたいでしょうね」

わたしは冷凍庫から氷を出しながら答えた。

かなり昔、千代から、「お母様はあなたに会いたがっていましたよ」と言われたことを思い出す。

「でしょ。ナニィ、お願いだよ」

わたしは、氷を山盛りに入れたグラスにココアを注ぎひとまぜすると、光に手渡した。そして、わかった、と光の目を見つめて言った。

真実が露呈して、光からの愛情や信頼を失っても仕方ない。そもそも、その愛情を受け取るべきは、奈江だったのだ。

わたしは、幼い頃に奈江からいじめられたからとはいえ、許されないことをしてしまった。だから、光に恨まれたって当然だし、罰が当たったって文句は言えない。それだけひどい過ちを犯してしまったのだから。

「やっぱり、ナニィはいつも僕の味方だね」

光は弾んだ声で言い、アイスココアを口にした。

「美味しい。これだよ、これ、この味。ナニィの味、最高」

唇の周りにうっすらと茶色の跡をつけて言う光が、今日はよりいっそう愛おしくてたまらなかった。

海外出張から戻った私は、空港の到着ロビーの椅子に座ってスマートフォンの電源を入れた。すると、事務所からメッセージが入っていた。

「今日、東条福美さんという方が訪ねてきました。連絡を取りたいということです」

続いて電話番号が記されている。

東条福美。

その名前を目にすると、苦々しい想いが蘇る。

私と光を引き裂いた人間が、なぜ、いまになって訪ねてきたのだろうか。

光と離れ離れになって数年後、希とふたりで行った都内の遊戯施設で偶然福美の姿を見かけたことがある。彼女が連れていたのは、ひょろっとした男の子だったから、たぶん光だったと思う。

私はすこし離れた場所から、光のことを目で追った。光は幼児からすっかり少年になっていた。福美たちは、グループで来ていて、みな母親と子どもという組み合わせのようだった。こちらにはまったく気づく様子はない。

福美と光が親子のように仲睦まじい様子を見て、むかむかした。私は、それ以上その場にいるのが苦痛だった。だから乗り物に興じていた娘の希がしぶるのを聞かず、怒りの感情に任せてその遊戯施設を出てしまったのだった。

あれから、光を見ることもない。近況も知りえない。

先週は、修学館大学でのシンポジウムに参加した。もしかして光が会場にいるのでは、と思ったが、顔かたちがわからないので、探しようがなかった。

シンポジウムに登壇を決めたのは、どちらかといえば保守的な価値観の家庭の子弟が多い修学館大学で、「独身課税法と出産促進法についての考察」を話し合うのは意義があると思ったからだった。私は、女性にとって、それらの法律がいかに負担を強いるかを話すことになっていた。

また、母校の付属中学校と高校も並ぶキャンパスに久しぶりに行ってみたいという気持ちもあった。だがなにより大きな動機は、光がもしかして会いに来てくれるかもしれない、声をかけてくれるかもしれないという淡い期待だった。

残念ながら、シンポジウムでは、光との再会は果たせなかった。

こういう問題に関心がないのかもしれない。そもそもシンポジウムの存在を知らなかったとも考えられる。

それとも、順調に進学できなくて、修学館にはいないのだろうか。

もしくは、私のように受験して外の大学に行ったのか。

あるいは、私のことを恨んでいて、会いたいとは思っていないのか。

単に用事があって来られないだけなのか。

いや、来たけれど、名乗り出ない、という可能性もある。

シンポジウムからしばらくは、光のことばかりを考えていたが、ここ数日は、忙しいこともあって、思い出すことはなかった。

光はどんな青年になっているのだろう。

そう想って、はっと気づいた。

今日は光の誕生日だ。すっかり忘れていた自分が情けない。

しかも、二十歳になった記念すべき日なのに。

誕生日だから、福美は私を訪ねてきたのだろうか。だとしたら、福美は光が成人になったいまも、光と関係があるということだ。

そうではなく、違う理由があるのか。

私と福美は修学館の附属小学校の同級生だから、なにか学校関係のことだろうか。

いや、彼女は卒業を待たずにいなくなったので違うだろう。

それに、修学館がらみのことでわざわざ私に連絡はよこさないはずだ。

どう考えても、福美が私に連絡を取るのは、光のことしかない。福美の声を聞きたくはないけれど、光のことは気になる。

知らせなければならないほどのことがあるのだろうか。

光の身になにか起きたのだろうか。

私は、福美に電話をかけた。呼び出し音とともに、胸の鼓動も大きくなっていく。電話に出ないでほしい、とまで思う。

「もしもし?」

五度目の呼び出し音で福美が出ると、動揺してしまった。

「あの、私……」

「もしかして、奈江さんですか?」

福美に、奈江さん、と呼ばれたのは戸惑った。

「あ、はい……」

「突然訪ねて行ってごめんなさい。電話はいただけないかと思っていました……」

「なんでしょう。どんな用件ですか?」

私は努めて平静を装った。

同級生なのに互いに敬語を使うのは、それだけ私たちの関係がややこしい証拠だ。

「実は……」

そう言ったきり福美は黙る。こちらも沈黙のまま待つが、なかなか次の言葉を聞くことができない。いらだちが湧き上がってくるのが抑えられない。

「いま出先なので、急ぎでなければ、あとでまた……」

私の言葉を、福美は、切らないでください、と遮った。

「ひ、光ちゃまのことで」

光ちゃま、などと言っているのが、癇に障る。

「光のことって、なんですか？」

私の口調はきつくなってしまう。受話器の向こうで、福美が息を吸う気配がある。

「光ちゃまが、奈江さんに会いたいそうです。それを伝えたくて事務所に直接うかがったんです。電話は取り次いでもらえないかもしれないって思って」

一気によどみなく言った。

「光が、私に？ 会いたい？」

「はい、そうです」

「本当に？」

しつこくたしかめてしまう。

「本当です」

胸が熱くなっていくのを感じつつも、そう、と落ち着いて答えた。

「ただ、徳田さんの家のかたがたには秘密で会うことになりますが」

「もちろんそうよね」

いつの間にか、私は敬語をやめていた。

「では、このいただいたお電話の番号を光ちゃまに教えてもいいですか？」

やはり、福美が光ちゃま、と呼ぶのは気にくわない。会えるのは嬉しいが、そもそも会えなくなった原因のひとつに、福美の存在があったことを思うと素直に喜べない。

「構わないけど」

「あなたは、いまでも徳田の家にいるんですか？」

私はふたたび他人行儀な物言いで訊いた。

「いえ、光ちゃまが小学校のうちは、シッターとして通っていましたが、それ以降は徳田さんのところとは関係ないです」

通っていた、ということは、住み込みではなかったようだ。

「じゃあ、なんであなたが電話をかけてきたんですか。いまも……光と……親しいってこと？」

私は恨みがましい気持ちを込めて訊いていた。

「……はい……いまでも連絡をとりあっているというか、交流があるというか……」

「そうですか」

実の母親のこの私は光と会えないのに、福美は、光とずっとかかわってきている。

そう思うと、スマートフォンを握る手に力が入ってしまう。気づくと下唇を噛んでもいた。

「あの、なんというか、その……すみません」

福美の声が小さくなっている。

「すみません、ってなにが？」

声がどうしてもとげとげしくなってしまう。

「ほんとうなら、奈江さんが光ちゃまのそばにいるべきだったのに、わたしなんかが……」

その言葉を聞いて、私の息が荒くなっていく。

そうよ、ひどい。

ののしりたい衝動を抑え、息を整えて、全身の力を緩めた。

「わかりました。もう、いいです。とにかく、光に私の番号を教えてください」

スマートフォンから耳を離そうとしたら、福美の「待って」という声が聞こえ、ふたたび耳をあてた。

「もうひとことだけ、聞いてください」

さっきと異なり声色がしっかりとしている。

「これ以上、私の方は、お話しすることはないんですけど」

一刻も早く電話を切りたかった。

「奈江さん、その、あの……本当にごめんなさい」

「こんどはなにを謝るんですか？」

どうしても責めるような言い方になってしまう。

「当時、わたしのせいでずいぶん辛い思いをさせてしまったと思うので。その、あの、おっぱい、のことで」

福美の不遜な態度を思い出すたびにはらわたが煮えくり返るような思いをしてきたが、こうしてあっさりと謝られると、なんだか拍子抜けした。

「あのこと……」

「奥様に弱みを握られていたとはいえ、わたしのしたことは許されないことだと思っています。ですから、許してください、とは言いません。こうして謝るのは、自分が楽になりたいだけの身勝手かもしれません。それでも、本当にすみませんでした。ごめんなさい」

「たしかに、許せないって思うけど……」

元はと言えば、わたしが福美をいじめていたことがこの悲劇をもたらしたかもしれないのだ。

「私こそ」

自然と口にしていた。

「え?」

「その、あれ、そう。小学校のとき、あなたをいじめて……ごめんなさい。謝るのが遅すぎるけど」

「覚えていたんですか? わたしをいじめていたこと」

「あ、うん……」

本当は記憶にないが、まさかそんなことは言えない。

「会ったときにすぐ謝らなくて申し訳なかったと思っているし……あの家にあなたと私がいたときにお互い心を割って話せていれば良かった……と思い……ます」

私の言葉を最後に、互いにしばらく黙ってしまう。

どちらも自分からは次の言葉が言えず、電話越しに相手が口を開くのを待っていた。

やがて福美が、けっきょく、と沈黙を破る。

「わたし、奥様にいいように利用されていただけでした。奈江さんのことをもっと気づかえていたら……」

私は答えに困ってふたたび黙りこんだ。福美も言葉を発しない。

たとえ、あのとき福美に謝り、福美がおっぱいを武器にすることはなかったとしても、きっと私は徳田家でやっていくことはできなかった。あの康男や千代にあらがって光の親権を取ることは難しかったのではないだろうか。

どちらにしても、いまさら取り返しがつかないことなのだ。

冷静になると、ざわざわというロビーの喧騒が耳に入ってきて、鬱陶しく思えてくる。

「もう、過ぎたことですし……では、切りますね」

私が電話を切ろうとすると、「あの」と福美が話し続ける。

「本当に、ごめんなさい。いくらいじめられたからって……。奈江さんが謝ってくれて、なおさらそう思います」

福美は涙声になっている。

「もうやめましょう。よくわかりましたから。じゃあ、切りますね」

私は福美の応答を待たずに、通話を打ち切った。

外に出ると、むわっとした夏の空気が襲ってきてめまいがした。出張の疲れに加え、福美との電話で消耗した。

バスや電車で帰る気力はとうていなく、タクシーに乗った。当初は事務所に寄るつもりだったが、それもおっくうで、そのまま自宅に向かう。

クーラーの効いたタクシーの後部座席でぼうっと外の夜景を眺めていると、スマートフォンにメッセージを受信した。見知らぬ番号からだった。

まさか、さっそく光が連絡してきたのだろうか。

私は、唾をごくりと呑み込んでから、メッセージを開ける。

「お母さん、こんばんは。光です。仕事中かと思ってメッセージにしました。お元気ですか。僕は、今日二十歳になりました。お母さんに会いたいです。会ってもらえますか？」

お母さんに会いたいです。

この一文を、私はなんどもなんども心のうちで繰り返しながら、メッセージの返信を打った。

「光君」

息子なのに君づけはおかしいだろうか。いや、でも、ずっと会っていないのに、呼び捨てはしにくい。

「メッセージありがとう。そしてお誕生日おめでとう。お母さんも光君に会いたいです。会いましょう。いつがいいですか？」

すごく会いたいです、と書きたかった。だが、光の方の温度は、メッセージではわからない。会いたいとは言っていても、もしかしたら恨みつらみをぶつけたいという気持ちもあるのかもしれない。そう考えて、こちらがあまり熱くなってはいけないと、感情を抑えて空いている日をメッセージで知らせた。

すぐに返信が来て、私は日曜日の昼に、光と会うことになった。

家に戻ってリビングに入ると、クーラーで部屋はきんきんに冷えていたが、真っ暗で、なにやらスナック菓子の臭いが鼻についた。

ダウンライトをつけると、菓子の袋やカップ麺の空容器、ペットボトルが散乱しており、真ん中に鎮座したソファでは、娘の希が口を開けて眠りこけていた。

一週間近く家を空けたらこうなるか、とため息が出る。私はサッシ窓を開けて、空気を入れ替え、リモコンで冷房を強から弱にした。

「のぞみー。ただいま」

身体をゆすると、希は寝ぼけ眼で、ママ？ と言うと、あくびをしながら半身を起こした。ピンク色に染めた短い髪に寝癖がついている。いくつあるかすぐにはわからないほどたくさんのピアスが耳全体をにぎやかに彩っている。これだけは、いつ見ても痛そうで見慣れない。

「夕飯は食べたの？」

希は肩を上下にゆすって首を回しながら、まだー、と答える。

「あ、でも友達が泊まって、昼過ぎに帰ったんだけど、昨日の夜からずっと食べ続けてたから、あんまりお腹空いていない」

希は大学の期末試験やレポートに追われており、私の出張中は、「友達と家で勉強する」と言っていたのだった。

派手な見かけによらず、希は国内で一番偏差値の高い大学に通っていた。あまり教育熱心だった覚えはないのだが、希は幼い頃から勉強が好きだった。

「ちゃんとしたもの食べてないでしょ。なにかデリバリーでとりましょ」

「そうだなあ、ピザ」

「そういうジャンクなものじゃなくて」

「じゃあ、ママの好きなのでいいよ」

「そう？　じゃあ、お寿司は？」

「お寿司は、一昨日おじいちゃんとおばあちゃんが来て、一緒に食べた」

私の両親は、晩年は海のそばに住みたいと言って、都内の家を売り払い、隣の県にある海沿いの介護付マンションに昨年引っ越していった。「まだまだ元気なうちに夫婦で入るのがいい」ということだった。それをきっかけに私は希とふたりきりで暮らすようになったのだった。両親は、都心の大学でたまに講義があるので、そのときはここに寄っていくが、一昨日は、単に希が心配で様子を見に来たに違いない。

私は、自分の母親が参観日に来なかったことが寂しくて福美をいじめた、という事実が忘れがたく、希の参観日には極力行ったたし、なるべく希のことを優先してきたつもりだ。だが、どうしても行き届かないところはあった。そんなとき、両親が助けてくれた。

特に父は、私や兄にはできなかった分を埋め合わせるように、希の父親役を表に裏に買って出てくれた。ときには兄夫婦も手伝ってくれた。子どものいない彼らは、自分の娘のように希をかわいがってくれた。

シングルマザーで、フルタイムで働きながらもどうにかやってこられたのも、ことしの十一月で十九歳になる希が多少わがままではあるが、ひねくれることもなく育ったのも、両親や兄夫婦のこうしたサポートがあったからにほかならない。

光も愛情に恵まれて育ったのだろうか。

新しい母親とはうまくいっていたのだろうか。

福美が私のいない分を穴埋めしてくれたのだろうか。

私はこれまで光のことを心の奥に封印して生きてきた。そうでもしなければ辛くて悲しくてどうにかなりそうだったからだ。こうして会えると思うと恋しさが一気に加速する。

「ママ、なにそんなに悩んでんの。なんでもいいよ。ママが食べたいならまたお寿司でもいいけど？」

「あ、うん。それなら、うなぎにしようか。ママ、和食に飢えているから。あ、希はあんまりお腹空いてないんだっけ？」

「うなぎとなれば、別腹だから」

希はソファから立ち上がり、とりあえずシャワー浴びてくるね、とリビングから出て行った。

私はスマートフォンのアプリでうな重を注文すると、スーツケースの荷を解いた。本当はリビングに散らかる菓子袋やカップ麺の容器を片付けたいし、軽く掃除機もかけたかった。だが、希を甘やかすわけにはいかない。自分で始末させるつもりだ。身の回りのことぐらいできるようにさせなければ。

希には、自立して生きていってほしい。そして男性に束縛されず、結婚にも振り回されないでほしい。

そういう強い思いがあるのが通じているのか、希は男の子に気に入られるような格好をいっさいしない。ファッションも髪形も非常に個性的だ。本人によると、「おかげで痴漢にも遭わないし、あまりナンパもされなくて楽」ということだ。

たくさんの人の手を借りて子育てはどうにかここまで来たが、私自身のキャリアは一筋縄ではいかなかった。

離婚が成立したのち、希を保育園に預けて職場復帰したものの、現実は厳しく、会社では思うような働き方ができなかった。周りの男性社員も、アシスタントの女性社員も、残業せずに保育園の迎えのため部で一番早く帰る私を疎んじ、娘が熱を出したと言って休む私を非難した。そんな環境下、焦ったり追い詰められたりして、仕事のミスも多かった。

さらに週刊誌に出た徳田家の離婚の記事は「嫁が子どもを虐待していた」ということが強調され、会社や取引先、世間全体の私に対するまなざしも厳しかった。

結局私は復帰後一年足らずで退職することになった。虐待のことはのちにこちらの弁護士が否定した記事が載ったが、あのときはダメージが本当に大きかった。

妊娠や出産をしたことで、離婚したことで、どうしてこうもハンディキャップを負わなければならないのだろうか。納得できない。

徳田家に嫁いだばかりに、中傷にさらされなくてはならないのだろうか。

悔しくてたまらなかった。

それから、悩みに悩んだ私は新たな就職先を探すことはしなかった。法科大学院で学びなおし、弁護士の資格を取ることにしたのだ。

離婚の際に友人の弁護士、末次洋子に世話になった。そのときの調停は徳田家が手ごわくこちらの思い通りとはいかなかったが、それでも洋子の働きぶりをそばで見ていて、とても刺激をうけたし、尊敬の念を持った。

以来、この国で女性が働き続けるのなら、やはり資格のある専門職に就くのがいいのでは、私も弁護士になりたい、とうっすら思い始めていた。実は学生時代にも考えたことがあるのだが、ハードルの高さに躊躇してしまったのだった。

五年後、必死の努力の末、二度目の挑戦で司法試験に合格し、弁護士になった。司法修習生としての研修ののち、末次洋子のいる弁護士事務所に入った。そこで離婚にかかわるケースを多く担当した。また、ドメスティックバイオレンス、性犯罪など、さまざまな事件を知るにつけ、ジェンダーギャップ指数が世界で百五十位まで落ちたこの国で、女性がどれだけ抑圧されているかを目の当たりにした。

私も理不尽な思いをしたが、いまはシングルマザーであってもかなり恵まれた環境にいる。だからこそ、自分以外の女性たちの力になりたいという思いは強くなっていった。

そのうち私は弁護士として働くだけでなく、人権団体とかかわるようになった。そして六年前、みずから世界的な規模の人権団体の一員となったのだった。

それからは、さまざまな媒体からインタビューや対談、取材や原稿の依頼が来るが、同時に嫌がらせの電話やメールも受け取る。SNSでしつこくからんでくる人も少なくない。

修学館大学のシンポジウムでも、質問と称して攻撃的な物言いをしてきた中年男性がいてうんざりした。「男だって辛いんだ」と興奮してがなりたてていた。

「私は女性の立場で話しているだけで、男性が辛くないなんて言ってないですよ」と穏やかに応えたが、その男性は、「女ばっかりが文句言いやがって」と吐き捨てるように言って会場を出て行き、そのあとの空気が悪くなった。

先日も、昨年成立した出産促進法がいかに女性を苦しめ、育児放棄や児童虐待などさまざまな問題を引き起こし、不妊のカップルが追い詰められているか、また、独身課税法がどれだけ横暴かなどについてインターネットの記事内でコメントしたら、意図と違うように編集され、騒ぎになったばかりだ。

つい勢いで、法案をなんとしても廃止させなければ、と言ったことで、次の選挙で出馬するのかもしれない、などと憶測されて、大迷惑をこうむった。実際にその後野党から熱心に出馬を勧められ、断り続けているという状況だ。

スーツケースの荷物を整理し終わった頃合いで、うな重が届いた。

いただきます、と希とダイニングテーブルで向き合って言い、お重のふたを開け、うなぎをひと切れ口にする。

「やっぱり美味しいよねえ。この国に生まれてよかったわー」

希が箸をくわえながら、しみじみと言った。

「この国に生まれてよかったかな。私はあんまりそう思えないけど」

「ママ、食べ物はそうでしょ。ママだってさっき、和食に飢えてる、って言ってたじゃない」

「そりゃ、食べ慣れているからね」

「どしたの？　疲れてんの？」

「そうね。ごめん。疲れてるのかも」

希につっかかってしまったことを反省する。彼女は中学受験で進学校の女子校に入り、自由な校風のなかのびのびと学校生活を送った。幸いにまだ、女性としてそれほど大きな壁にぶつかっていないのだ。私だって、大学生までは自覚がなかった。自分が努力した分、つけた力を生かしてやっていけると信じていた。

「やっぱりね。そうだと思ってお風呂ためたよ」

私は希の顔をまっすぐに見つめて、ありがとう、とつぶやいて続ける。

「希さ、大学の試験期間、いつ終わるの？」

「うーん、明後日かな」

希はせわしくうな重を箸で口にかきこんでいる。本人が思っていたより、空腹だったのかもしれない。

「じゃあ、こんどの日曜日は大丈夫だね。その日、お昼、ママに付き合ってほしいんだけど」

「ごめん、バイト入れちゃった。夏期講習始まるんだよね、土曜日から」

希は学習塾の講師のアルバイトをしていた。

「そっか。じゃあ、いいや」

「なんだったの？」

「うん、ちょっとね、外で美味しいランチでもって思っただけ」

「それは残念だなー」

希は、あまり残念ではなさそうに言った。

私は希に、「お兄ちゃんに会わない？」と素直に言えなかった。

これまで、光の話を希にしたことはなかった。兄の存在は認識しているはずだが、彼女も尋ねてきたことはない。兄どころか、父親のことも訊かない。おそらく、インターネットなどで徳田家と私の悶着は知っているだろうが、あえて触れてこない。

もし希の予定が空いていたら、連れて行く前に詳しく離婚の経緯を話すつもりだった。希ももう大学生だし、話しても大丈夫だろうと思った。

私はうなぎと白飯をすくい、口に入れた。濃厚なたれにからんだうなぎはとても香ばしく、美味しい。その味をかみしめながら、ちゃんとひとりで会おう、と自分に言い聞かせる。私は、ひとりで光に会う勇気がなかったのだ。

屈託なくうな重を食べる希に視線をやる。

いまさら突然兄に会わせて、この子の心を乱してもいけない。光だって、希に会いたいとは思っていないかもしれない。

希を連れて行くなんて自分勝手な考えだったと反省した。

日曜日は午前中ですでに三十度を超える暑さだった。

ここ何日間か、光に会えることが待ち遠しいと同時に恐ろしかった。どんな顔で光と会えばいいのだろうか。光は私にどんな態度を示すのだろうか。夜ベッドに入っても、そんなことばかりが頭を占め、なかなか眠れなかった。

鏡の前の私は、目の下にクマがあり、肌のしみは隠しようがなく、口元のほうれい線もくっきりとしている。昨日美容室で髪を切り、白髪も染めたが、こんなくたびれた顔で、光にがっかりされないだろうか。

いつもは五分から十分程度しか時間をかけないが、今日は丁寧にファンデーションを塗り、眉毛を描き、すでに二十分が経過していた。普段はほとんどしないアイシャドウも施すが、なんだかしっくりこなくて、ティッシュペーパーで拭き取った。それでも化粧をすると、多少はましな顔になった。

光は二十年前の私のことなど当然覚えていない。だからほとんど初対面のようなものだ。

徳田家にはきっと私の写真もなかっただろう。インターネットなどにある私の画像ぐらいしか見ていないに違いない。私の方は、光の赤ちゃんの頃の写真しか持っていない。

自分の姿を鏡で見つめ、うん、とうなずく。服は仕事でよく着ているベージュのパンツスーツにした。日曜日にスーツというのもどうかと思ったが、仕事着以外は、ジーンズや緩いパンツにTシャツといったカジュアルなものしかないので、仕方ない。とはいえ、ありのままの私を見せられるからスーツでもいいかと考えた。

もちろん、光には、私に対して良い印象を持ってもらいたいが、繕ってもしょうがない。実は仕事の帰りにショップに寄って、希の中高時代のママ友がよく着ていたようなフェミニンなワンピースを試着してみたのだが、見慣れないし、借り物みたいで似合ってもいないのでわざわざ買うことはしなかったのだ。

いまさら、母親っぽいコスプレをしたところで意味がないのに、あれは馬鹿みたいだった。そもそも、服装で母親っぽいなどと決めつける自分も愚かだ。

私は苦笑し、最後にいつものベージュ系の口紅をしっかりとつけた。

マンションを出て向かったのは、都内のイタリアンレストランだった。光とのメッセージのやりとりで、「なにか食べたいものは？」と訊いたら、「なんでも大丈夫です」と返ってきたので、希が好んでいるイタリア料理を予約した。希と同様に大学生だったら、パスタやピザはきっと好きだろうと思ったのだ。

店には約束の五分ほど前に着いた。店員に案内されて窓際の席に近づくと、細身の青年が外を見て座っていた。白いシャツに黒っぽいパンツをはいている。

青年が、こちらに気づいて立ち上がる。はりつめた面持ちだ。

色白で、整った顔立ちは、秀人や千代を彷彿とさせたが、印象はふたりよりもずっとやわらかく、さわやかだった。どこか寂しげな表情をしていて、こちらの気持ちを引き付ける。全体の雰囲気は希にも似ている。つまり、私にもたしかに似ているのだ。幼い頃の面影もかすかに残っている。

光だ。まぎれもなく、光だ。

私は言葉を失って、ただ見つめてしまう。

「お母さん」

発した声は、思いのほか高い。緊張しているのかもしれない。二度と会うことはできないと思っていた光から、「お母さん」と直接呼ばれて、息が止まりそうだ。返事もすぐにできない。笑顔を取り繕おうとするが、顔がこわばってしまう。

そのとき店員が椅子を引いて、どうぞ、と言ったので、私は腰かけた。光も席に着く。向かい合って、あらためて、「光君」と言った。私の声はかすれてしまっている。

「会えて……よかった。嬉しい」

そう言うと、光は、表情をやわらげて、僕もです、と答えた。

「お母さん、もっと大きな人かと思っていました」

「光君は、ひきしまっているというか……すらっとしているのね」

低体重児で生まれ、身体の弱かった光がこんなに大きくなっているとは思わなかった。

「そんなに背は高いほうじゃないですけどね」

光が答えたタイミングで、店員が来て、グラスにシャンパンを注いだ。

「お誕生日だから、ちょっとだけお酒をと思って」

グラスを持って、乾杯しましょうと言うと、光もグラスを手にした。

「おめでとう」

「はい、ありがとうございます」

私と光はぎこちなくグラスを合わせ、シャンパンを一口飲んだ。光の誕生日を初めて祝っているのに、あっさりとしていて他人行儀なことがもどかしい。

「光君、からだは、丈夫なの？」

光に会ったら訊きたいことがやまほどあったが、一番気になっていたのは健康のことだったので、真っ先に口に出た。

「小さい頃は喘息がありましたけど、水泳を習うようになってずいぶんよくなりました。中学でも水泳部でした。いまは風邪もそんなにひかないくらいです」

「そう、水泳を……」

「高校は演劇部に入って、いまも演劇をやってます」

「そうなの？　演じる方？」

「はい、役者の方です。こんど観に来てください」

「うん。ぜひ」

前菜の盛り合わせが運ばれてきて、私たちはしばらく会話をせず、ナイフとフォークを動かしていた。窓からは大きな公園が見渡せ、噴水の周りに親子連れがいる。男の子が水に手を突っ込んではしゃいでいた。

あれくらいの頃の光はどんな子どもだったのだろうと思うと、切なくなってくる。私は光のことを何も知らない。この期に及んで、いったいなにを訊いたらいいのだろう。演劇のことをもっと尋ねたらいいだろうか。

光の方を見ると、彼がパテをパンに塗っているところだった。皿には、ナスのマリネが残してある。

私は光が離乳食をほとんど食べなかったことを思い出した。

「好き嫌いはある？」

「そうですね、小さい頃は好き嫌いが激しくて食も細かったみたいですが、ナニィが頑張って食べさせてくれたし、給食のおかげでずいぶん偏食はなくなりました。いまは、うーん、このナスはちょっと苦手です。あと、パクチーも。食べられないってほどじゃないですけど」

そう言って光はいたずらっぽく笑った。ひいき目かもしれないが、光はとても魅力的な青年だと思う。

「ナニィって、福美さんのこと？」

「そうです。お母さんの同級生ですよね？」

「あ、うん、そう……だけど」

まさか、福美は光に、いじめのことも話したのだろうか。心臓がドキリとするが、もし話していたら、こうして会いに来てくれないだろうし、こんなに朗らかな感じではいてくれないだろう。

「僕、おやじの奥さんとは折り合いが悪くて、ナニィがいてくれなかったら、本当にどうなっていたかわかりません。徳田の家の奴らは、弟の優ばっかりかわいがって、僕のことはナニィに押し付けていたっていう感じでした。あの家で僕の味方はナニィと運転手の山口さんだけでした。山口さんは、おととし亡くなってしまったけど」

口調が若干強くなっている。

「そう、山口さん亡くなったの」

うっすらと覚えている山口さんは、私に優しく微笑んでくれた姿だ。

それにしても、福美の存在が光にとってこれほど大きいと知ると、複雑な気持ちになる。感謝したい気もするが、羨ましくてやるせなくもある。

光が話している間に、パスタが来た。私は、パスタをフォークでつつきながら話を聞いた。光が、徳田の家の奴ら、などと言うのに驚く。

千代は光をあれだけ溺愛していたはずなのに、いったいどういうことなのだろうか。そんなに愛情の矛先をころころと変えられるものなのだろうか。

「ナニィから、お母さんは、最後まで僕のこと、引き取ろうとして頑張ったって聞いてます。お母さんが僕のこと虐待してたって記事があったけど、あれも徳田の家の奴らがそういう風に書かせたってナニィが言ってました。僕がお母さんに会えないようにしたのも奴らだってことも知ってます」

福美がそんな風に私のことを光に伝えていたなんて。胸がいっぱいになってくる。

「お母さん」

光は、私の目を見て、あらためて言った。

「僕、ちゃんとお母さんに愛されていた。だからいつか会いたい、ってずっと思っていました。ナニィはすごく良くしてくれたけど、ずっとそばにいてくれたわけではないし、やっぱり本当のお母さんが恋しかったから」

私はあふれ出てくるものを抑えることができずに、ナプキンで目頭をおさえた。

「私も、私も、ずっと、ずっと、光君に会いたかった」

すでに泣き声になってしまっている。こんなに泣いたのは何年ぶりだろうか。前に泣いたのはいつだかも思い出せないくらいだ。

鼻水まで垂れてきたので、ナプキンで顔を拭くと、光がティッシュを差し出してくれた。私はそれを受け取って、鼻をかんだ。

「お母さん、僕、お願いがあるんだけど」

私は顔をあげ、うん、とうなずく。光も敬語を使わなくなっている。距離がぐっと縮まったようで嬉しい。

「なんでも言って。誕生日プレゼント、なにがいいか、ちょうど訊こうと思っていたから」

一歳前に別れたので、光に誕生日プレゼントをあげるのは初めてだ。そのため私は前のめりになっていた。

「物じゃなくてね」

そこでパスタをくるくるとフォークに巻き付けた。私はまた、うん、と首を振る。

「二つあるんだけど」

「どうぞ、いくつでも」

なんだか、心が弾んでくる。どんな無理難題でも構わないという心持ちになっていた。

「ひとつは、妹に会わせてほしいなって」

「希と？」

「のぞみ、っていうんだね」

「今日連れてこようかとも思ったの。もちろん、いいわよ。会わせる」

希は戸惑うかもしれないが、ひとりしかいないきょうだいに会わせてあげたい気持ちもある。

「どんな子か楽しみだな」

「写真見る？」

スマートフォンを取り出すために足元の荷物置きにあるバッグを探ろうとすると、光が、いい、いい、と制した。

「会ってのお楽しみってことで」

「そう？　じゃあ、そういうことで」

私はバッグを元に戻した。

「もうひとつはなに？」

「実は……。お母さん、次の選挙に出てくれない？　おやじと同じ選挙区から出てほしい。そしておやじを落としてよ」

あまりにも意外な言葉に、私はきょとんとしてしまった。

「ちょっ、ちょっと、何を言っているの。私は議員になる気なんてない。出馬するんじゃないかって記事が出たけど、あれは、憶測でしかないから」

「僕、お母さんの出たシンポジウムに行ったんだ。後ろの方の席でちょっとだけ顔を見ようと思って。で、そこでお母さんの話を聞いて、すごく感動した。お母さんの仕事も誇らしかった。お母さんみたいな人が政治家になれば、この国も変わると思うんだ。おやじが当選して、そしてまた優がそれを引き継ぐ、そんなくそみたいなことばっかりが続いたら、この国は亡びると思う。いやもう亡びかけてるけど」

「光……君……」

「僕たち若い人間を絶望させるような国、嫌なんだよ、ほんと」

光は熱を持って話し続ける。

彼は将来を憂い、この国の未来を諦めて海外に出ようと思っているのだそうだ。なりたくもないが、どうせ徳田家の後継者になるわけでもないし、演劇を本格的に海外で学びたいとも思っていた。だから大学もやめてしまうつもりだった。そんな決心を固めた矢先、シンポジウムに私が登壇することを知り、この国にいる間に、私の姿を一目見ておきたいと、シンポジウムに足を運んだらしい。

パスタはすっかり冷めてしまい、私は三分の一程度でフォークを置いた。すると店員がすばやく皿を片付けた。ほとんど口をつけていない光のパスタはそのまま置かれ、次の料理であるステーキが運ばれてきた。

「お母さん、僕のために、この国の若い人たちのために、頼むよ」

光はそう言って強いまなざしを私に向ける。

「いまの子たちって、政治に関心がないのかと思っていたけど、やっぱり光君は政治家の家庭に育ったから、いろいろと考えるようになったの？」

私は率直に訊いた。

「うん、それもあるのかもしれないね。身近でひどいの、見てるとね。ほんとは、逆に政治なんてまっぴらって思っていたんだけど、演劇を始めてから変わったかもしれない。僕がいま所属してる劇団、社会問題や政治問題を風刺するようなタイプの芝居をやるんだ」

光は、ステーキにナイフを入れ、細かく切りながら言った。

まさか二十年ぶりに会った息子から、選挙に出馬するように言われるなんて思わなかった。私はなにか白昼夢でも見ているような気分だった。二十歳の光がこんなにしっかりとしているなんて、と感動も覚えていた。

「観に行かなくちゃね、光君の出るお芝居」

「絶対来てほしい。お母さんに仲間も紹介するよ」

「ありがとう」

母親として紹介してくれる、それだけであたたかい気持ちになった。

それからはしばらく、演劇の話や、学生生活、中学生の頃に出た水泳大会の話などを聞き、私も最近の出張で出向いた国や出席した国際会議の話などをした。

デザートのティラミスが運ばれてくると、光は、すぐにフォークですくって口に入れた。

「これ、好きなんだよね」

甘いものが苦手な私は、手を付けずにエスプレッソを飲んで、光が嬉々としてティラミスを食べるのを見守っていた。

光は食べ終わると、カプチーノを一口飲み、お母さん、とほほえんだ。

「今日は本当にありがとう」

「私こそ、ありがとう。楽しかった。また会いましょうね。こんどは希も一緒に」

私も目じりを下げて言った。光は、もちろん、と答えると、こんどは神妙な顔になって続ける。

「選挙に出馬する件、真剣に考えてみてね。僕へのプレゼントだと思って」

そう言うと、ふたたびにっこりと笑った。あまりにも愛おしいその笑顔に、心がぐらりと揺れた。

自分が橋渡しをしたのにもかかわらず、光が奈江に会って以来、わたしは心穏やかではいられなかった。

もちろん、奈江へのわだかまりはとけている。小学生のときにいじめられたことは謝罪されたし、こちらが謝ったことも受け入れてもらえて、くすぶるものはなくなったはずである。

けれども光が、「お母さん、かっこいいよね」と同意を求めてくると、素直にはうなずけなかった。そして、光が妹の希と初めて会ったあと、「妹は僕と会えたこと、あまり嬉しくなさそうだった」と言ったのを聞いて、ちょっとほっとしてしまっている自分がいた。

この感情はなんだろう。

自問して、すぐに気づいた。

これは、嫉妬だ。

光のことを本当に大切に思っていれば、彼が奈江に会えて喜んだり、妹の態度にがっかりしたりしたのを、自分のことのように受け入れられるはずなのに。

光には、わたしを一番慕っていてほしいのだ。長い時間いつくしんだ光が、いとも簡単に、離れていた実の母親に好意を持つのが、気に食わないのだ。なんて身勝手なのだろうか。自分で自分が嫌になる。

いま目の前で光が奈江のことを語るのを聞いていても、胸がざわざわとして落ち着かない。表面ではにこやかにしているが、実はかなり努力して感情を抑えている。

「それで、僕たちの劇団仲間をさそって、お母さんの選挙を手伝うことにしたんだ」

光は弾んだ声で言った。

奈江は、次の国政選挙に出馬すると、先週発表したばかりだ。しかも、徳田秀人と同じ選挙区から出るということで騒がれている。

「それはいいことだけど、徳田家にばれたらまずいんじゃないの？　ただでさえ、神経質になっているだろうから」

つい、否定的な物言いになってしまう。

「別にいいよ。家を出るつもりだし」

「家を出るって、ひとり暮らしをするの？　そんな……光ちゃま、大丈夫なの？」

「劇団に仲のいい先輩がいて、居候させてくれるっていうから」

「それって……女性？　付き合っているの？　まさか、同棲？」

「男だよ、ナニィ。いつも訊くけど、僕には付き合っている女の子いないんだってば」

わたしは、光に恋人ができることが心配でたまらない。実の娘の沙羅が亮君と交際していることは気にならないというのに。

いや、でも、それは当然だ。亮君は昔からよく知っている。光に見知らぬ女性が近づいてほしくないだけだ。

「そうだった。ごめんなさいね。光ちゃま」

「ナニィは心配性だなぁ。僕、もう成人したんだから」

そうは言っても、わたしから見たら、甘いココアを好む光は、まだまだ子どもだ。というより、幼いと思っていたい。わたしの庇護を必要としていてほしい。

ガチャッと扉を開ける音がして、沙羅が帰ってきた。

「あれ、光ちゃん、来てたんだー」

ダイニングテーブルにバッグを置いて光の対面に腰かける。

「沙羅ちゃん、久しぶり」

「あ、あたしにもアイスココアちょうだい、お母さん」

わたしはうなずいて、キッチンに行った。とはいえ狭いので、光と沙羅の会話は聞こえてくる。

ふたりは、ナニィ・ホームでよく顔を合わせていた。徳田家にいた頃の沙羅は、光にばかり気を注ぐわたしのせいで不安定だったが、ナニィ・ホームで暮らしてからはすっかり落ち着いた。反抗期もあったが、高校生になり、わたしと二人暮らしになったころには、逆によく話をするようになったし、親密になった。いまではむしろ仲の良い母娘と言えるだろう。よく訪ねてくる光とも、友人のように親しく、自然に接している。

「亮君は元気？」

「いま合宿中」

「そっかぁ。会えなくて寂しいんじゃない？」

「まあね。でも、あたしも就活で忙しくしてるから。まだ就職決まらなくて」

「保育園で働くんじゃないの？」

「いやぁ、実習行って、仕事きつかったから引いてんの。保育園、少なくなってるっていうのに、保育士の数も足りてないし、給料も安いし。だから一般企業まわってる。ま、男女雇用機会均等法が改悪されて、女性活躍推進法が廃止になって以来、そっちも女ってだけで、不利だったりするけどさ。容姿で決められちゃったりとか、極端に給料が低かったり。子ども産まなきゃいけないからどうせ長く働けないでしょ、って感じで正規で勤めるのも難しい」

「ナニィ・ホームで働いたらいいんじゃないの？」

「うーん、それも考えてみたけど、とりあえずほかで働いてからにしようかなって。外の世界も見てみたいじゃない？」

「まあ、そうだね」

「光ちゃんは、将来、就職考えてんの？　男の子は就活スムーズそうで、いいよねえ。それとも、家を継いで政治家になるとか？」

「いや、それは絶対ない。ぜったい！」

光が強い口調で言った。

「でも、光ちゃんの本当のお母さんは、選挙に出るんでしょ？　あたし、応援してるんだ、あの人。副島《そえじま》奈江」

「えっ、そうなの？　沙羅ちゃんが応援してくれるなんて、嬉しいなぁ」

光の方をちらりと見たら、頬にえくぼを浮かべていた。

意外にも沙羅の口から奈江の名前が出たので、わたしは、アイスココアを作りながらも、二人の会話にますます耳を澄ました。

「うん、いまさ、子どもが少なくなって、さらに産んだら働くなっていう空気が強くなってきて、保育園がどんどん減ってるじゃん？　副島奈江は、保育園の数を増やして子どもがいても働きやすくして、保育士の待遇改善もするって公約してるの、いいなって思って。あたしの大学の友達が副島奈江の動画見せてくれたんだ。あの人、弁護士なんでしょ。あたしたちに身近な性被害のことや、もみ消される性犯罪のことも言ってて、頼れる、って感じがした。独身課税法とか、出産促進法のことも批判してるしね。あの法律ができてから、児童虐待や家庭内暴力も増えているらしいよ。そういうこと、言ってくれる人、あまりいなかったもんね。男女雇用機会均等法も元に戻して、女性活躍推進法も進化させて名前を変えて復活させるって。周りの友達も、いままで政治に興味もなかったし選挙も行ったことなかったけど、今回は初めて投票したいって言ってるよ。あたしもそう」

「それは、心強いな」

「結婚しろとか、子ども産めとか、押し付けられたくないでしょ」

「そりゃそうだよね。そういうの、僕のおやじたちが作った法律だと思うと、ほんとあいつら、クソだよな」

「自分の親のこと、そんな風に言っていいの？」

「いいんだ、親だと思ってないから。それに、お母さんは、ちゃんとしてるから」

誇らしげに言っている光の顔を見て、わたしは複雑な気持ちになった。そして、自分の娘が奈江を尊敬しているらしいことにも、なにか苦いものがあがってくるような感覚を覚えていた。それは、甘いココアの味見をしても消えなかった。

いつの間にか半袖では肌寒く感じるようになり、気づくと季節は秋へとうつろっていた。空にはうろこ雲が広がり、すがすがしい風が吹いている。

わたしはナニィ・ホームの事務仕事を早めに終え、窓の外を眺めて奈江のことを考えていた。

三日前に、奈江の街頭演説を聞きにいった。

そろいの青いポロシャツを着たスタッフのなかに、ビラを配る光を見つけた。生き生きとした姿がまぶしい。声をかけようとしたが、なんとなく気が引けて、すこし離れた場所にいた。

聴衆は多く、若い男女の姿も見えた。奈江の勢いが増しているという報道は間違いではなさそうだった。奈江の属する政党は、野党第三党でけっして選挙に強いわけではなかったが、徳田秀人と副島奈江の出馬する一人選挙区での対決は、元夫婦ということから、世間の耳目を集めていた。

今回の選挙では、野党の連携が組まれ、選挙区での野党候補は奈江一人に絞られていた。つまり、事実上、秀人と奈江の一騎打ちだった。関心の高さは、新聞社や放送局、ネットテレビなどマスコミのカメラがこぞって奈江の姿を追っていることからもわかる。「そえじま奈江」と大きく書かれたのぼりを垂らした車の上で、奈江がマイクを握っている。二十年ぶりに生で見た奈江は、堂々としていて華があった。もともと端整な顔立ちに迫力が加わり、短髪に青いパンツスーツ姿がさっそうとしていて、光の言うように、かっこいい、とも言える。奈江の陣営のイメージカラーは鮮やかなブルーだ。

奈江は、「女性が生きやすい社会は、男性も生きやすい社会です」と訴える。

演説は熱が入っていて、聴衆の拍手や合いの手もさかんだった。

「わたしたち女性は、国家の乳母ではないんです」

その発言は、わたしの腹にずしんと響いた。

「結婚しろ、子どもを産んで働かずに育てろ、親の介護をしろって、いつもいつも女性ばかりが誰かの世話を強いられる、そんな社会は、おかしいですよね？」

歓声とともに、大きな拍手が広がっている。

「男性の皆さん、もし自分が女性だったらって想像してみて下さい。それが難しければ、大事な家族や、恋人、友達、隣人、同僚である、一緒に社会を構成している女性が我慢を強いられているのをよく見て下さい。そんな状況は、男性にとっても、幸せではないはずです。俺だって負担が大きくて大変だ、そうかもしれない。男だから、女だから、じゃなくて、どんな性別であっても、誰もが抑圧されず自由な生き方ができる、そういう社会を作っていきましょう」

「いつまでもおっぱいにしがみつかなくてもいい国にしましょう」

わたしはそこまで演説を聞いて、その場から離れたのだった。

窓の外から、庭先で遊び始める子どもたちの声が聞こえてきて、現実に引き戻された。

しかし、奈江が言い放った言葉がひっかかって、頭から離れない。

「わたしたち女性は、国家の乳母ではないんです」

「いつまでもおっぱいにしがみつかなくてもいい国にしましょう」

奈江の言ったことは、正しい。

そして、乳母やおっぱいというものを嫌悪している気持ちも理解はできる。

けれども、男性中心社会のなかで、誰かの世話をすることでしか生きていけない人間もいる。わたしは、光の乳母として、そしてシッターとして十数年を生きてきた。それを否定されたような気がしてしまう。

結局、奈江は、持っている、ひとなのだ。

能力も、財力も、人脈も、さまざまなものを。

だから、自由な生き方を目指すことができる。

奈江には、持っていない、わたしのような者の気持ちはわからない。

彼女が小学生のときにわたしを「でぶ」「なりきん」と揶揄したのは、もともと持っている子どもがにわかに持った子どもを見下していたから出た言葉だ。奈江は、昔から、持っている立場でしか物事を見られないのだ。

国家の乳母になるしかない女性だっていっぱいいる。乳母になりたい女性だっているかもしれない。

わたしは、しばらく元気な子どもたちの声を聞いていたが、ふう、と息を吐き、スマートフォンを手にして、インターネットで「副島奈江」を検索した。すると、案の定、先日の演説が問題になっていた。

特に、「いつまでもおっぱいにしがみつかなくてもいい国にしましょう」というのが、「母乳を否定するのか」と、SNS上などで、一部の女性たちから猛反発を買っていた。おっぱい発言と言われて拡散し、廣瀬さんも、ゆかりさんも、これについては渋い顔をしていた。

さらに、奈江の性格がきつい、冷たい、わがままだ、ということを、以前奈江が働いていた広告代理店の同僚が述べたという記事もあった。真偽は怪しいが、交際していたという男性も出てきて、悪く言っている。そして、小学校の元同級生が、奈江がいじめっ子だったと証言をしているという今日発売の週刊誌の見出しも見つけた。

心臓がばくばくとしてくる。

有料で電子記事が読めるようになっていたので、わたしは週刊誌の当該記事を購入しようと、スマートフォンの画面を指でタップした。

記事の中身は、小学校のころ奈江がクラスのリーダーで、率先して友達をいじめていた、というもので、「なりきん」や「でぶ」という文言はそこにはなく、匿名の元クラスメートが記憶に頼って話したようで、それほど具体的な内容ではなかった。

記事を読み終えたタイミングで、事務所の電話が鳴った。スマートフォンを置いて、受話器をとる。

約五年ぶりの千代の声は、相変わらず低かった。

わたしが呼び出されたのは、以前沙羅がインフルエンザになって隔離されたホテルだった。あれ以来近寄らないようにしていたというのに、やはり千代の無神経さは変わっていない。もとより、相手の気持ちを考えない性格は変わりようがないのだろう。ロビー横にあるティールームで待っていると、その佇まいの変わらなさにこのホテルで味わった屈辱的な思いがくっきりと浮かび上がってくる。

約束の時間よりも二十分も遅れて千代がやってきた。水を飲んで待っていたわたしに詫びることはいっさいなく、正面に悠然と座る。

「お久しぶりね」

千代は五年前よりむしろ若返ったようにさえ見えた。着物姿は凜としている。髪は黒々と隙がなく染め上げられ、七十代には見えぬほど顔にしわがない。なにかしらの施術をしているのだろうか。

「ご無沙汰しております」

「ナニィ・ホームの番号、変わってなくてよかったわ」

千代とわたしは、ともにコーヒーを注文した。

「あの、光ちゃまのことって、なんでしょうか」

わたしはさっそく切り出した。

光のことだというから、こうして出向いてきたのだ。さらに、電話をうけたとき、たまたま奈江に距離を感じてしまった直後だったので、千代に会ってもいいかと思ってしまった。

曲がりなりにも、徳田家で長年働いたことで金銭的にずいぶん助かった。ナニィ・ホームからの派遣だったけれど、特別に直接ボーナスをくれたりもした。辞めるときも、過分な金額を退職金と称して渡された。それらに感謝をしていないわけではない。そうでなければ、いまこうして千代に会うことなどなかっただろう。

「光ちゃんね、家を出て行っちゃったんですよ。大学にも行っていないみたいで……」

とっくに知っていたが、「そうですか」と答えた。わたしが徳田家で働くのをやめてから光がわたしにちょくちょく会いに来ることを、千代はおそらく知らない。

「それでね……困っているんです」

千代は、大げさにうなだれた。

出て行かれたくなかったなら、弟の優と差をつけずに、もっと光を大事に扱えばよかったではないか、とわたしは心のうちでひとりごちた。千代だけでなく、徳田家の者はみな、結婚当初から咲子に気を遣い、優を王子様のようにちやほやしていた。

秀人の浮気だけでなく、ほかにも咲子の実家に徳田家はいろいろと弱みを握られているからそういう風になるのだ、と山口さんが教えてくれた。しかし、あれはどう考えてもやりすぎだったと思う。

　話ぐらいは聞いてみようとここに来たものの、千代の顔を見ていると、徳田家で起きたさまざまなことが蘇り、気分は良くない。

　ちょうどコーヒーが運ばれて来たので、一口飲んで、心を落ち着かせる。

「わたしはもう、関係ありませんから」

　ぴしゃりと言うと、千代の頬がひきつった。

「そんな言い方なさらなくてもよろしいんじゃなくて？」

　千代はそれまでの下手だった態度から、居丈高に豹変する。

「あなた、わたくしには、たくさん恩義があるんではなくて？」

　わたしは、ふっと、息が漏れた。

「父の借金のことですか？」

　いつまでも昔のことをしつこいと、うんざりする。

「それだけでなく、普通以上にお給金をさしあげたでしょ」

「でも、光ちゃまのお世話は、ほとんどわたしひとりでしましたし、きえさんが体調を崩して辞めてからは、食事も作りましたし、掃除や洗濯もしましたよね。ナニィ・ホームの規定を超えた仕事でしたから、余分にいただいたのも当然です」

もう、千代に屈する必要などない。光が徳田家を出て行ったのならば、なおさらだ。わたしの居直った態度が意外なのか、千代は間の抜けた顔になって絶句している。まさか言い返してくるとは思わなかったのだろう。

「それに、父の居場所を知らせようって言ったって、もうとっくに亡くなっているのを知っています。母に会わせるっていうのも、結構です。母には新しい家庭があって、わたしのことなんか気にしてないでしょうし、わたしもいまはもう母に会いたいとは思っていないですから」

ナニィ・ホームの派遣として徳田家に通うようになって三年後、探偵事務所に依頼して両親の消息を調べた。父は前年に亡くなっており、母は健在だったが再婚していた。わたしが徳田家で働いていることをわかっていながら会いに来なかったし、連絡すらよこさなかったことを思うと、母への思慕を断ち切ることは難しくなかった。わたしには娘がいて、ナニィ・ホームの仲間もいる。旧《ふる》い家族にしがみつく必要はない。だからいまさら、千代が両親のことを餌にわたしになにかを強いることなどできないのだ。千代の手札はなにもない。

「ねえ、福美さん」

こんどは、猫なで声になる。どうやら戦略を変えるらしい。

「光ちゃんたらね、あの女の応援をしてるんですよ。信じられないでしょ。あなたも、あの女は嫌いでしょ」

「あの女って、副島奈江さんのことですか？」

わたしは、あえてたしかめる。

「あー、やだ、やだ。名前を言わないでちょうだいな。汚らわしいっ」

千代は、吐き捨てるように言うと、しかめっ面になり、激しく首を横に振った。

「女性差別がどうこうって、わんわん叫んで、うるさいったらない。秀ちゃんの邪魔をするなんて、どういうつもりなのかしら。女として失格だからって、なにを血迷っているのかしら。この国の議員として、本流で正当な後継者である秀人にたてつくなんてね。ほんと、あの女、昔っから、あなたと違って、おっぱいも出なければ、光ちゃんに危害も与えて、まったく母性もなかったわよねえ。昔から生意気で女らしさに欠けてたけど、ますますひどくなって。ああいう女の存在は国難よ、国難。あの女の口から、女性、っていう言葉を聞くと、虫唾が走る。何が女性の人権よ。まず、まともな女性になってから言いなさいって話よね。ね、嫌よねえ、福美さん」

千代は、わたしのことを、奈江を追い出した共犯者と思っているのだろう。たしかにそうだったから、反論はしにくい。かといって、千代の意見に同意もしたくない。

子どもを必死に育てていると、つい手が出そうになることはあると、わたしも沙羅やナニィ・ホームの子どもたちとその保護者達に接してきて理解できる。この国の母親たちは子育てに追い詰められている。それに、母乳が出ないのは、仕方のないことだ。母性に関係はない。

秀人の邪魔をする、と言うが、堂々と戦えばいい。

母性や女らしさに過剰に価値を置くならば、咲子だって失格ではないだろうか。

そもそも、女らしさって、なんだろう。

男に従順っていうことなのか。

優しい、っていうことなのか。

家のことをちゃんとできるってことか。

育児にたけているということか。

それを言うなら、咲子は、秀人や千代だけでなく、康男に対しても態度が大きく、生意気だったではないか。

いくら血がつながっていないからとはいえ、光をまったくかわいがらなかったではないか。

家事はすべてきえさんやわたしに任せっきりだったではないか。

優の育児すら、きえさんがかなり担っていた。

黙っていると、千代は、ですからね、と続ける。

「光ちゃんを説得してほしいの。あんな女の手伝いをするなって。なついていたあなたの言うことなら聞くでしょ。光ちゃんったらね、徳田の人間からの電話には出ないのよ。だけど、あなたが連絡すればつながるわよね？　もちろん、お礼は弾みますよ。だから、あの女がどんなにひどい母親だったか、光ちゃんに教えてあげてちょうだい。光ちゃんには、あの女のこと、なにも言わなかったのが間違いだった。ちゃんと伝えておけばよかった」

うんざりだ。うんざりだ。うんざりだ。

わたしは、既視感でめまいがしそうだった。こうして幾度となく利用されてきた。そう思うと、こんどは細胞ひとつひとつのすべてから怒りが生まれて、大きなうねりになり、全身がほてってくる。こんな体感は初めてだった。

「いえ、お金には困っていませんし……」

声は震えてしまっていた。わたしは、自分を落ち着かせるために、息を深く吸ってから、ゆっくりと、「お断りします」と続けた。

「なんです？　断る、ですって？」

千代の目が吊り上がっている。千代の方も、怒り心頭といったところだろうか。

「光ちゃまももう成人ですし、自分で決めたことでしょう。わたしは、赤の他人で、親でもなんでもないですから、光ちゃまに、とやかく言う資格はありません」

「福美さん、光ちゃんがかわいくないの？　ナニィでしょ？　おっぱいあげたでしょ？」

「かわいい、とか、かわいくない、ってこととは関係ありません。おっぱいをあげたのも遠い昔のことです。それに……」

わたしは千代の顔をまっすぐに見た。

「わたしも、奈江さんに当選してほしいと思っています」

そう言うと、千代は、唇をへの字に曲げた。

「ふんっ」と鼻から息を吐き、あなたね、と続ける。

「小さい頃あの女にいじめられていたんでしょう？　それなのに、味方をするんですかっ」

半ば怒鳴るように言った千代を、周囲の客がいっせいに見た。千代が興奮すればするほど、こちらの気持ちは冷めていく。

わたしは、ひとときの間をあけて、「あの奈江さんについての記事って」と言った。

「奥様、というか、徳田家が書かせたんですね」

「そうよ。わたくしたちは、世論なんてどうにでもできます。徳田家は、この国の中枢にいるんですからね。あなたのことを調べたときに、いろいろと同級生に訊いておいたのが役に立ちましたよ」

つまりは、わたしが奈江と因縁があることを千代は最初から知っていたということか。いじめのことを知っていて、奈江を追い出すことに、わたしを一枚かませたのか。いまさらながら、千代の策略にまんまとはまった自分が悔やまれる。だからこそ、これ以上、泥沼にはまることはしたくない。

「それだけ、万能でいらっしゃるなら、わたしが協力しなくても光ちゃまの気持ちを変えさせることができるんじゃないでしょうか」

あえて笑みを浮かべて言うと、千代は、舌打ちをしたのち、あなた、と凄みのある顔になった。

「こちらが腰を低くして頼んでいるからって、いい気になって……」

千代はそこで立ち上がり、「もうけっこうです」と、伝票を乱暴につかみ、ティールームを出て行った。

わたしは、喉がからからだったので、残っていたぬるいコーヒーとグラスの水をたてつづけに飲み干しながら、その後ろ姿を見送った。細い体でよろめき気味に歩くのを見ていると、なんだか千代が哀れにすら思えてきた。気丈に見えても、老いはその後ろ姿からにじみ出ている。

どうして、あそこまで奈江を憎んでいられるのだろう。ひどいことを言えるのだろう。なぜ、人を陥れることが平気なのだろうか。

そういう風にしか、生きられないのだろうか。

康男のような人間と添っていると、そうなってしまうのだろうか。旧来の女性の役割を強いられる環境に生きていると、極端になってしまうのだろうか。

あんな風にはなりたくないが、わたしもそのしくみにからめとられていた。乳母になることでやっと生きてこられた。でも、それはとても生きづらくもあった。

わたしはため息をついて、千代がロビーから見えなくなるまで視線をやっていた。

これでいいのだ、と思う。

わたしは、また利用されるところだった。

もう、徳田家のケアーなんか、しない。

ナニィから足を洗うのだ。

自分の存在価値を、光を育てたことに重く置き、光との関係に執着してしまう自分を、ここできっぱり捨てるのだ。

奈江の放った、「わたしたち女性は、国家の乳母ではないんです」という言葉に含まれた真の意味が、初めて理解できたような気がしていた。

投票日の夜、わたしは副島奈江の選挙事務所で、開票速報の番組を映す大型スクリーンを、かたずを呑んで見守っていた。

千代に会ったあとのわたしは、奈江の選挙を応援することに決め、事務所ではがきを書いたり、電話をかけたり、ビラをポストに投函したり、そのほかにも細かいことをいろいろとして、ここ一週間ずっと手伝ってきた。

そこには、まだ奈江の姿はなかったが、光とその劇団の仲間数人、そして沙羅の顔もある。修学館小学校の同級生、小林京子もいた。奈江の大学の同期で同僚だったという弁護士の末次洋子の姿もある。ほかにも、奈江の勤める人権団体のメンバーや、応援演説をした著名人たちの姿も見られた。年齢も性別も多様な支援者たちも控えている。なかには社会運動のアクティビストもいる。

わたしも含めてスタッフは青いポロシャツを着ていた。集まったひとびとはみな、真剣な面持ちでスクリーンを見つめている。支援者やスタッフの後方には何十台というカメラがある。

京子は、奈江とともにわたしをいじめていたけれど、四十年あまりを経て接してみると、気さくで話しやすかった。会うなり、「あのときはごめんっ」と腕をつかんで謝られ、わたしは思わず笑ってしまった。それからは、京子がスタッフのなかでは一番話しやすく、わたしたちは急速に親しくなった。

開票は八割ほどすすんでいるにもかかわらず、得票情勢は五分五分だった。出口調査と期日前投票の予測を鑑みても、接戦で秀人と奈江のどちらが勝つかはわからない。大量の組織票と徳田康男から引き継いだしっかりとした地盤を持つ徳田秀人に対して、副島奈江はかなり善戦している。投票率が例年よりぐっと高いのが功を奏している。

今回の選挙は、情報戦のような様相を呈した。

秀人は従来の政権与党の政策を、暗記したかのように述べるにとどまり、ほとんどが奈江の中傷に終始した。権力に近いマスコミはそれに追随したが、一方、インターネット、SNSなどを通じて、奈江を応援する若者たちが、彼女の政策を紹介し、支持する投稿を繰り返し、急速に拡散させていった。

それは、さながら一大ムーブメントだった。そこに、ジャーナリストやいくつかの媒体も、徳田秀人の過去の醜聞を掘り起こしたり、秀人が二世議員として能力に欠けることを指摘したりして、選挙戦後半は、奈江に有利な情報も増えた。

なにより奈江は、若者や女性の支持者が多かった。母乳による育児を悪く言っているのではないかという批判にもきちんと「母乳を否定しているわけではない。なんにおいても、それじゃなきゃだめだ、という決めつけから解放したいだけだ。誤解を与えて申し訳なかった」と説明した。

また、繰り返し、独身課税法や出産促進法の廃止に触れ、「結婚や出産は、強いるのではなく、したい人がする、したくない人はしない、という選択ができるようにしていきたい。少子化対策は、保育園の充実などをはじめ、福祉や制度を充実させるといった別の施策を」と主張した。奈江本人が徳田秀人を個人的に悪く言うことはなかった。そんな真摯な姿勢は、これまで政治に関心のなかった人たちの心にも響いたようだった。

わたしの説明もあって、母乳の件で奈江の発言に不快さを感じていた廣瀬さんやゆかりさんの誤解も解け、最後は奈江を応援し、奈江の選挙区に住む知り合いに働きかけてくれた。

奈江とは、すべての考え方が同じではない。プライドも高いし、たしかに性格がきついところもある。それは、この選挙活動を通じても、垣間見えるところはあった。

だが、それでも、奈江を応援していると、さんざん苦しめられた男性中心社会のしくみを変えていくことで、生きづらさを減らせるのではないか、と希望が持てた。その希望を糧に、境遇の違うさまざまな女性たちと手を携えることができる、と実感できた。多少気が合わなくても協力しあえた。沙羅のような若い子たちが社会に出て生きていく時代には、世相が変わっていってほしいという願いを持てた。

正直言って、奈江ひとりが当選したところで、すぐに世の中は変わらない。

だが、この国の嫌なところを煮詰めたような徳田家の、その長男である秀人を奈江が倒すことは、象徴的な出来事になるはずなのだ。たとえ当選しなくても、この闘いを挑んだことは、意義のあることになる。

わたしは、まるで、自分の闘いのように、奈江の選挙をとらえていた。

テレビの中継では、他選挙区の投票結果が次々に出ていた。奈江の立候補で選挙戦全体が盛り上がり、野党側に勢いがある。改選前より野党議員が増え、与党が過半数を得られるか、微妙な情勢だ。当選確実が出るたびに両陣営が一喜一憂する。

壁一面に候補者の名前が書かれ、当選すると赤い薔薇が次々に名前の横に貼られていくが、与党の方はほとんどが男性議員だ。

当選十回という八十歳の元防衛庁長官の当選が決まると、奈江の事務所は静まり返る。総裁が笑みを浮かべて薔薇の花を貼りつけるのを見ると、胸に砂がたまっていくような気持ちになった。レポーターが中継する声が背後から遠く聞こえてくる。

「緊張に包まれています」「いまかいまかと結果を待っています」「接戦を制するのはどちらでしょうか」「元夫妻の対決はいかに着地するでしょうか」「そろそろ出るのではないかとみなさん……」

そこに、奈江がスカイブルーのパンツスーツ姿で現れ、拍手が起きる。わたしも、手を叩いて、奈江を迎えた。フラッシュがたかれ、ライトが当てられ、事務所のなかがまぶしいほど明るくなり、シャッター音が響く。

顔には多少の疲れが見られたが、奈江はやりきったという感じのすがすがしい表情だった。支援者やスタッフに「ご苦労様」と笑顔を見せ、用意された席に着く。奈江の声は演説が続いたため、かすれてしまっていた。

そのとき、さっとペットボトルのミネラルウォーターを奈江に渡したのが、光だった。奈江は光の手を軽く握って、ありがとう、と目で応えていた。ふたりの絆が、しっかりとしたものなのがわかる仕草だった。

結びつきというのは、時間を重ねればそれだけでできるものではないのかもしれない。いずれにせよ、光が奈江と強く結ばれてよかった。

わたしは自分が奈江に嫉妬しておらず、むしろ、二人の姿に胸打たれていることに、自分でも驚いていた。

しばらく速報のスクリーンを見ていると、後方の報道陣から、当選確実、当選確実、という声が聞こえてきた。

事務所内が騒がしくなったかと思うと、スクリーンにスタジオが映り、女性アナウンサーが、「そえじま奈江さん、当選確実です。初当選です」と興奮気味に続ける。

「徳田秀人さんとの対決に競り勝ちましたっ」

「これで、与党が単独過半数をとれるか、わからなくなってきました」

スタッフ、支援者みんなが立ち上がり、わーっと叫んで、互いに抱き合った。だれかれなしに、万歳の声があがり、それが大合唱になった。わたしもおのずと万歳を繰り返していた。

奈江は、何度も何度も、ありがとうございます、と頭を下げている。その姿を見ていると、胸が熱くなってきて、こみあげてくるものがあった。

ポケットにあるはずのタオルハンカチを探ると、あいにく入っていない。仕方なく指で目頭をおさえると、目の前に、はい、と青いハンカチが差し出された。

光がわたしのそばで微笑んでいる。

「ナニィがお母さんを応援してくれて嬉しいよ。一緒に手伝えてよかった。お母さんに会わせてくれて、本当に、ありがとう」

一言一句、かみしめるように言った光を見て、わたしは、たまらず顔をハンカチで覆った。

「お母さんったら、泣きすぎ」

隣でそう言う沙羅も涙声で、ぽんぽんと肩を叩いてくれている。わたしは顔をあげて涙を拭くと、光ちゃま、と彼の顔を見つめた。

「お母さんのところに行ってあげて」

そう言って、光の背中を押したのだった。

そのとき、報道陣がふたたびざわつき始めた。

「徳田秀人」「復活」という単語が飛び交い、みながスクリーンに注目した。

「徳田秀人さん、比例で復活当選です」

「これで辛くも、過半数に達しました」

アナウンサーの声に続いて秀人の事務所が映し出される。

なんてしぶといのだろう。

わたしはいきなり冷や水を浴びせられたような気分になる。

千代が作り笑顔で秀人と並んでいるが、その横に咲子の姿はない。咲子は選挙戦中、いっさい顔を出さなかった。

「ばんざーい」「ばんざーい」「ばんざーい」

男性の声ばかりの万歳に合わせて両手を挙げる秀人の顔は、憔悴しきって覇気がなかった。

対照的に、大型スクリーンにアップで映し出される秀人を凝視する奈江の顔は、エネルギーに満ち満ちている。

＊

新世紀が始まった翌年に生まれたあたしは、ことしで四十歳になった。

大学で政治学を教えている。最初は経済学を専攻していたけれど、母が議員になって以来、この国の政治にがぜん興味が湧いて、専攻を変えた。

母だけでなく、父も政治家だが、あたしは父に直接会ったことはない。両親はあたしが生まれる前に離婚している。ふたりが国会で論戦を繰り広げる姿を頻繁に見たが、あたしは父に対して特別な感情はない。どちらかといえば、苦手だ。軽薄に見えて、考え方がおそろしく古臭いのが好きになれない。というか、受け付けない。

まあ、最初から父親はいないと思っていたし、祖父が父親がわりにかわいがってくれたから、寂しいということもなかった。いずれにせよ、父親とか母親とか、関係なく、あたしは周りの人に愛されて育ったという実感があったから、不満はない。

あたしが大学一年生だった、二十年ほど前、突然兄が目の前に現れたが、それも、あまり感動はなかった。

その年の秋に、母が議員になった。

あたしは最初の選挙のときには自分のことに忙しく、正直あまり関心もなく、何もかかわらなかったが、当選後は大なり小なり母のサポートをしてきた。

母は、とても頑張ったと思う。最初は野党の一議員でしかなかったけれど、精力的に法律の改正に努めたし、世論に訴えるのもうまかった。

おりしも、過激な思想の政治団体のテロやヘイトクライム、新型ウィルスによる疫病の流行、国外の局地での紛争や大国同士の対立などが続いた。自然災害によって起きた三度にもわたる発電所の事故もあった。それらに対応しきれず、父の属する当時の政権与党の采配の失態、強引なだけの危機管理のずさんさが国民に透けて見え、さらには特定の宗教団体との癒着が明るみに出て、ひとびとは目覚めたかのように声を上げた。そして、十年前に政権交代が起きた。

母の属する政党は、連立政権の与党になった。出産促進法や独身課税法は廃案になり、男女雇用機会均等法も復活し、そのほかにも、性犯罪に関する刑法も改正され、選択的夫婦別姓も導入、同性婚も認められた。画期的な保育園保護法も生まれ、さまざまな変化が起きた。経済や防衛に外交、エネルギー問題、気候変動への対策などまだまだ課題は多いが、女性議員は四十パーセントまで増えた。

六年前には、ついに母が総理大臣となった。ジェンダーギャップ指数はいまや世界で三十位前後までになっている。

それなのに、母は過労がたたったのか、一昨年急死した。心不全だった。

突然のことで、あたしは涙が一滴も出なかった。兄も放心状態だった。葬儀に来た、母の同級生で、兄の乳母だったという東条さんが、身も世もなく泣いていた。彼女があたしに、「なにか困ったことがあったらいつでも言ってね」と、とてもあたたかなまなざしで言ってくれたことが忘れられない。

あたしと兄は、再会以来顔を合わせるようになって、最近はとくによく連絡をとりあっている。じわじわと湧いてくる母を失ったかなしみを互いに慰めあっているのかもしれない。兄は業界では名の知られた劇作家で、自分の劇団を持っている。昨年は母が初当選したときのことを芝居にして、好評だった。恋愛にはあまり関心がなく独りが好きなようだ。

母の跡を継いで総理大臣になったのは、母にあこがれて政治家になったというまだ四十半ばの女性だ。

それにしても、この国は、この二十年、とくに政権交代後の十年で劇的な変化をとげた。

経済は低成長だが、それなりにまわっている。未知のウイルスが原因でひとびとが亡くなり、人口が大幅に減った上に紛争や災害、テロが重なったため、一時は経済がどん底に落ちたものの、以降は徐々に回復した。税金は高いが、医療や介護などの福祉は充実する方に向かっているし、高校までは義務教育となり、大学を含む教育機関は完全に無償だ。少子化もずいぶん緩和されている。国籍は出生地主義となり、定住する外国人も増えて、人口はゆるやかに増えてきた。養子縁組もしやすくなったし、戸籍制度がなくなって、結婚しなくても子どもを持つことは難しくなっている。人口分布における若年層の比率も増えた。

とはいえ、制度は進んでも社会にはまだ古い価値観の人たちがいて、なかなか手強いが世の中は確実に良くなってきた。

ところで、もうすぐあたしは子どもを持つことになる。新生児の養子をとるのだ。あたしはかけがえのないパートナーと出会い、人生をともにすることにした。

迎えた後は、育休をとるが、それがあけたら、あたしも彼女も、東条さんの娘が夫婦で営んでいるナニィ・ホームに子どもを預け、仕事に復帰するつもりでいる。いまは、成分が限りなく母乳に近い液体や粉のミルクもあるらしいから、とても助かる。

こうした形式で子どもを持つのは未だ一般的ではないけれど、あたしはつねに前を向いて生きていたい。母にあたしの子どもを見せてあげられなかったのが残念だが、きっと母もあたしの選択を支持し、応援してくれたに違いない。

兄はあたしのこどもを楽しみにしてくれている。性別は生まれてからしばらくして自分で選べばいいと思っているが、生物学的には女の子だ。

それを知った兄が桃色のベビー服を買ってきたからちょっとむっとしたら、すぐに気づいて白いものに替えてきた。よくわかっているはずの兄でさえこれだから、まだまだだなあ、と思う。

それでも、あたしは、母たちがいいかたちに向けてくれたこの国に暮らしていて、幸せだと思っている。

この国に大事にされている、と感じている。

しかし、気がかりは、おおいにある。

父が党首を務め、兄の腹違いの弟もいる、いまは小規模となっている政党が、二十年前どころか、数十年前の、百年前の、人権を軽視する価値観を、男性中心社会を、取り戻そうとしていること。大幅な減税で経済成長を促す政策を前面に打ち出していることから、政党を支持する人たちが増え、少しずつ存在感を持ってきていること。

あたし自身は政治家になるつもりはないし、一介の大学教員でしかない。それでも、できるかぎり、若い総理大臣に協力していこうと思っている。

兄とも力を合わせて、さまざまな人たちと手を取り合いながら、父や弟たちの勢力と闘っていかなければ。絶対に後戻りさせてはならない。

母の遺志を継いで。

この国に生きるひとびとが、かたよりなく幸せでいられるように。

これから生まれるこどもたちの笑顔のために。

解説

木村朗子

いまほど女たちの小説が切実に求められている時代はないだろう。二〇一六年に子を産み育てる母役割に押し込められて精神を失調する女を主人公とした韓国小説『82年生まれ、キム・ジヨン』が韓国でミリオンセラーとなり、日本でも斎藤真理子による日本語訳が出ると二八万部を売り上げた。その後も韓国のフェミニズム小説が続々と翻訳され、文芸誌『文藝』二〇一九年秋季号では「韓国・フェミニズム・日本」の特集が組まれ、それもまた増刷を重ねた。またたくまに本屋での韓国文学の棚が拡大していったのは、世界の読者が文学にフェミニズムを求めているように、日本の読者もまた熱烈にフェミニズム文学を求めていたためであろう。読者はあたらしい女の文学として韓国文学を求めたのである。

二〇二〇年に刊行された深沢潮『乳房のくにで』は、そうした読者たちのフェミニズム文学への熱い想いの只中に放たれた日本のフェミニズム小説である。タイトルの「乳房のくに」が、この国で女に課せられていることを端的にあらわしている。それは産む母の役割である。

専業主婦への扶養手当の見直し案は進まず、逆に選択的夫婦別姓法案がとおらないのも、この国が理想とする女性像が、働きに出るよりもまず結婚して子を産む母になることにあるからだ。少子高齢化の対策が進まないのは女性のせいだという、そんな本音が政治家たちの「失言」からもすかし見える。二〇〇七年に厚生労働大臣だった柳澤伯夫は、出産年齢にある女性の数は決まっている、つまりは「産む機械、装置の数は決まっているから、あとは一人頭で頑張ってもらうしかない」と発言して物議を醸した。

二〇一六年に十年間の期限付きの時限立法として施行された女性活躍推進法は、採用や昇進などの人事に女性を積極的に登用すると同時に、仕事と家庭の両立が図れるように配慮するよう、企業に求めている。それは家庭を持ちながらも仕事をあきらめる必要がなくなった先進的な制度のようでいて、実際のところ家事や育児の負担は女性に著しく偏っているのである。働き手の減少を女性で補おうとし、かつ少子化の対策を女性に委ねる政策がうまく働くはずもない。

二〇〇六年から毎年公開されている健康・教育・経済・政治参加などの分野で世界各国の男女間の不均衡の度合いを示すジェンダーギャップ指数は、当初八〇位でスタートしたにもかかわらずみるみる順位を落とし、二〇二〇年には過去最低の一二一位にまで落ち込んだ。医療へのアクセス指数を測る健康部門ではたびたび一位になることもあったし、教育機会においても大差があるわけではないものの、男女間の賃金格差は埋まらないままで経済格差はおおきい。しかしなんといっても政治参加の指数が頭抜けて低く、上昇の兆しがまったくない。二〇二二年の最新のギャップ指数によればG7最下位であるどころか、国会議員や閣僚の男女比で測る政治部門にいたっては世界平均値をすら大きく下回っているのである。

少子高齢化は、多くの先進国が陥っている共通の社会問題だ。二〇〇七年から内閣府特命担当大臣として少子化対策担当大臣が置かれた。しかし日本政府はその原因を婚姻して専業主婦となって子を産む女が少なくなったせいだと思い決めているらしい。二〇一三年には少子化対策担当大臣が、晩婚・晩産化に歯止めをかけるため、つまりは女性に若いうちの出産を促す目的で、妊娠適齢期などの、妊娠や出産に関する知識や支援策を記した「生命《いのち》と女性の手帳」を若い女性に配布することを発表し、批判をあびた。その後、女性だけにではなく男性にも配布する修正案を出すなど迷走した挙句、最終的には撤回することとなった。このときの少子化対策担当は、女性議員の森まさこがその任にあったのだから、女が産まなくなったから少子化になったというのは男性の政治家の偏見とばかり言えない。男女を問わず社会全体がそのような袋小路に入り込んでいるのである。

『乳房のくにで』は、こうした現在の日本社会を縮図のように示した小説である。中心となるのは二人の女たち。かつて私立の小学校の同級生だった東条福美と副島奈江が代わる代わる語り手となる。

福美は、小学四年で父親が経営していた会社が倒産すると公立の学校に転校した。女優で美しかった母親は離婚して出て行ってしまった。高校をでてからはずっと一人で生きてきた。職場のレストランの同僚を好きになり、みごもるが相手は失踪。シングルマザーとして子を産んだが困窮していた。いくらしぼっても溢れだすほどの母乳をもてましていた福美の前に救世主が現れる。母乳を必要としている人に届ける「ネットワーク・ナニィ」を経営する廣瀬敦子である。廣瀬さんは言う。「とにかく、福美さん、あなたは、ナニィになって、ここで生まれ変わるの。この国の未来を背負うすばらしい子どもたちを、そのお母さんたちを、おっぱいで救うの。自信と誇りを持って！」

ナニィとなることはただお乳をあげることではない。廣瀬さんによれば、それは「国の宝である子どもたちも救うことになる。つまりは、国を支えるってことでもある」のだという。やがて出張授乳の話がくる。そうして福美は私立の小学校で同級だった奈江の産んだ子のナニィ役となった。

奈江は大学教授の両親に女だということを意識させられることなく育てられ、付属の大学より上の大学に進学し、広告代理店の総合職に就職し思いのままに生きてきた。ところが大物政治家の息子の徳田秀人と結婚したとたんに、奈江のがんばりなどは一顧だにされず、ただ子を産むこと、母であることだけを求められようになる。ようやく子を産むことを決めても夫が原因で不妊治療をせざるを得なくなり、息子を産むまでに三年もかかった上に、早産で帝王切開だったことで、姑には「母親失格」の烙印を押されてしまう。奈江は思う。「そもそも、なぜ母親になったからといって、妻や嫁だからといって、自分を押し殺さなければならないのか。私は女性、母親、妻、嫁である前に、ひとりの人間なのに」と。

女は結婚すると、それまで親しんできた名を捨てて、婚家の嫁として、そして子を産めば母として、役割を生きなければならない。勉強をがんばって、仕事をがんばってつくりあげてきた一切のものがチャラになってしまうのだ。なぜ女ばかりが自分自身であることをあきらめなければならないのだろう。奈江の憤りは、こんなに立派な家に嫁いだのではなくても多かれ少なかれ、すべての女たちに共感できるはずのものだ。

出産後すぐに仕事に戻った奈江を姑は目の敵にする。働く女など、嫁としての資質に欠けるというのだ。姑は母乳がでない奈江への嫌がらせのようにして乳母として福美を雇い入れた。

福美は、小学生のときに奈江にいじめられていた。そのこともあって、息子を奈江から引き離して奈江を追い出そうとする姑のたくらみに福美はのるのである。そうして奈江は第二子をみごもったところで追い出されてしまう。奈江はシングルマザーとして娘を産み、猛勉強の末、弁護士に転身した。

小説の前半部は二〇〇〇年の頃からはじまっているから、奈江の産んだ息子が二十歳になった後半部は、ちょうど単行本刊行時の二〇二〇年にあたっていることになる。したがって小説世界は日本の現在を映しているはずなのだが、それは今よりさらにひどく少子化が極まったディストピアの様相を呈している。小説内では出生率は〇・八まで落ち込んで、政府が「三十歳までに結婚しないと男女ともに税金が上乗せされる」という「独身課税法」、また「四十歳までに子どもを産まない夫婦はともに年金額が減らされる」という「出産促進法」が強行採決の末に成立させている。

ジェンダーギャップ指数が百五十位にまで落ちたこの国で、二十歳の若者となっている奈江の息子、光は「この国は亡びると思う。もう亡びかけている」と危機感をあらわにする。離婚してからずっと実母と別れて暮らしていた光は奈江に会いにくると、父親と同じ選挙区から出馬し、この国を変えてほしいと訴える。

そもそもフェミニズム運動がうまくいくためには男性優位社会で常識とされているものごとを変えていかなければならない。常識を変えるとなれば、つまりは凝り固まった考えを改める必要があるということになる。この小説の登場人物も物語が進むにつれて考えを改めていくのである。たとえば「母乳ほど優れたものはない」という信念で「ネットワーク・ナニィ」を経営してきた廣瀬さんは母乳信仰が母親たちを追い詰めているのではないかと気づき、「なにがなんでも母乳っていう極端な考えは間違っていた」と語るようになる。対立関係にあった福美と奈江も、むしろ連帯すべきだったと思うようになる。人が変わっていくこと、考えを変えることは変革の条件だ。

奈江は光の頼みを受け入れて、元夫と同じ選挙区から出馬する。街頭演説で奈江はこう言った。「わたしたち女性は、国家の乳母ではないんです」、「いつまでもおっぱいにしがみつかなくてもいい国にしましょう」。福美にはそれが自分の生き方を否定されたように響く。奈江のように自由に人生を選べない人もいるのだと反発したくなる。けれども福美は自分を含めて「この国の母親たちは子育てに追い詰められている」と思うに至り、奈江の選挙戦を応援するようになる。

単行本では奈江が当選を決めたところで小説は終わっており、その後の未来は想像に任されていた。今回の文庫版には、奈江の当選から二十年が経った日本の様子が加わっている。この結末部はもともと『小説推理』掲載時にあったもので、単行本化に際してカットされていたのである。だれが当選したって、政治は変わらない、選挙で投票をしてもしなくてもなにも変わらないとあきらめきっている私たちに、選挙で適切な議員を選ぶとどうなるか、そんな可能性をみせてくれている箇所でもあった。文庫版でこの箇所を復活させたのは、社会が変わるだなんて夢物語だとは言わせないという作家の意志のあらわれのように感じる。

奈江が政治家となってのち、独身課税法、出産促進法は廃案となった。また性犯罪に関する刑法は改正され、選択的夫婦別姓が導入され、同性婚も認められた。いままさに目指そうとしているさまざまな取り組みが実現する未来である。女性議員も四〇パーセントにまで増えてジェンダーギャップ指数は世界で三十位前後にのぼりつめている。この結末部の語り手は奈江がシングルマザーとして育てた娘である。奈江と福美の子どもたちの世代に引き継がれた理想的な未来像が語られること、そしてその語り手の名が希《のぞみ》であることに私たちは、あきらめるのはまだ早い、求めれば社会はきっと変わるのだ、と鼓舞されるのだ。

参考文献

『ちょっと理系な育児』牧野すみれ（京阪神エルマガジン社）
『安心の母乳育児』（日本母乳の会）
『よくわかる母乳育児』（へるす出版）
『子育てはだいたいで大丈夫』森戸やすみ（内外出版社）

監修

森戸やすみ（小児科医）

本書は二〇二〇年九月に小社より刊行されました。
文庫化にあたり加筆修正を行っています。

双葉文庫

ふ-33-01

乳房《ちぶさ》のくにで

2022年12月18日　第1刷発行

【著者】
深沢潮《ふかざわうしお》

【発行者】
箕浦克史
【発行所】
株式会社双葉社
〒162-8540 東京都新宿区東五軒町3番28号
［電話］03-5261-4818（営業部）　03-5261-4831（編集部）
www.futabasha.co.jp（双葉社の書籍・コミックが買えます）
【印刷所】
大日本印刷株式会社
【製本所】
大日本印刷株式会社
【カバー印刷】
株式会社久栄社
【DTP】
株式会社ビーワークス

【フォーマット・デザイン】
日下潤一

ISBN978-4-575-52623-3 C0193
Printed in Japan

双葉文庫　好評既刊

珠玉

彩瀬まる

国民的歌姫だった美しい祖母を持つ歩は、経営するファッションブランドの人気が低迷しデザイナーの相棒にも見限られ、最悪の状況に陥る。そんな折、仕事を失いかけているモデルの穣司と出会う。弱さを抱えた者たちが成長する姿を描いた長編。

双葉文庫　好評既刊

ぬるくゆるやかに流れる黒い川

櫛木理宇

六年前、武内譲は無差別に二つの家族を惨殺し、動機を明らかにしないまま自殺した。遺族となった栗山香那と進藤小雪は事件当時の武内と同じ二十歳になったとき再会する。小雪は「事件をあらためて調べよう」と香那を誘い——。女性憎悪の闇を追う長編サスペンス。

双葉文庫　好評既刊

踊る彼女のシルエット

柚木麻子

義母が営む喫茶店を手伝う佐知子と芸能事務所でマネージャーをする実花。出会ってから十六年の仲だ。趣味にも仕事にも情熱的な実花は、佐知子の自慢の親友だった。だが、彼女は突然婚活を始め……。揺れうごく女の友情を描く長編小説。